Leidenschaftliche Begegnungen

Kurzgeschichten

Band 1

Beate Schmidt

E-Mail: Beate-Schmidt2@web.de

ISBN: 9783755752998

Herstellung und Verlag BoD – Books on Demand, Norderstedt

Februar 2022

Bibliografische Informationen der deutschen Nationalbibliothek: Die Deutsche Nationalbibliothek verzeichnet diese Publikation in der Deutschen Nationalbibliografie; detaillierte bibliografische Daten sind im Internet über dnb.dnb.de abrufbar.

Prolog

Das Leben schreibt viele Geschichten, manche sind wahre Begebenheiten..., einige entspringen scheinbar nur dem Wunschdenken oder sind uns im Traum erschienen. So bunt wie das Leben ist, so vielfältig werden einfach auch nur Phantasien für die Leser lebendig und für einen Augenblick zur Wahrheit. Vielleicht finden Sie sich in der einen oder anderen Geschichte wieder..., vielleicht kann ich Ihnen auch ein Lächeln oder ein Stirnrunzeln entlocken, oder Sie nur für einen Moment aus dem Alltag entführen..., um Ihre Seele baumeln zu lassen. Eins kann ich Ihnen versichern, sie sind alle mit Hirn und Herz für Sie geschrieben worden. Es erwartet Sie ein Potpourri aus Kriminalgeschichten, Erzählungen, Phantasy, Lovestorys, Erotik und Märchen, die ich Ihnen in diesem Band liebevoll zusammengestellt habe.

Nun wünsche ich Ihnen beim Lesen ganz viel Spaß, Spannung, ein gutes Gefühl und Gänsehaut.

Ihre Autorin

Beate Schmidt

Inhalt

Danksagung

In diesem Band möchte ich mich ganz herzlich bei meiner Familie und meinen Freunden bedanken…, die mich stets in all meinen Projekten unterstützt und inspiriert haben. Durch sie durfte ich Erfahrungen sammeln und meinen Gefühlen das nötige Gehör schenken. Somit erlangte ich die Chance für Sie verschiedene Themen, Emotionen und Spannungen in den Geschichten einzuarbeiten. Da einige Erzählungen auf wahren Erlebnissen beruhen, zählt mein besonderer Dank den Protagonisten, die diese Geschichte für Sie überhaupt möglich gemacht haben. Die wahre Geschichte…, „Ein Alibi für Bummelbiene"…, liegt mir besonders am Herzen! Meiner Freundin Melli zu Ehren habe ich diese Erzählung, Veröffentlichung aus dem Jahr 2012 in „Seelenfeuer", einen besonderen Platz in diesem Band eingeräumt, da sie leider sehr jung vor ein paar Jahren von uns gehen musste. Danke Melli!

Leidenschaftliche Begegnungen

Glühendes Feuer im ewigen Eis

*I*ch stand an der Reling meiner Arche Noah und schaute auf die Zwanzigmeter dicke Eisscholle, die es zu brechen galt. Fröstelnd wickelte ich mich immer tiefer in meinem Mantel, schlug den Kragen hoch und verschränkte die Arme vor meinem Herzen, so als wollte ich die Kälte nicht hineinlassen. Der Hauch meines Atems hinterließ dichte Nebelspuren in der eisigen Luft und zeigte mir, dass in meinem Körper noch Leben steckte. Vor meinen Augen tänzelten Millionen von winzigen, glitzernden Kristallen und brachten die stockfinstere, klare Nacht zum Glänzen. Ein sanfter Wind pfiff durch das Packeis, ich lauschte seinen Klängen, es war, als würde er…" My Way"… singen.

Wie festgefroren stand ich auf dem Deck und starrte immer wieder diese riesigen, weißen, um herschwimmenden Eisriesen an und spürte die geballte Kraft, die von ihnen ausging. Ich hatte das Gefühl, als hätte die klirrende Kälte meinen zarten Körper von Jahr zu Jahr fester umschlossen und mir die Luft zum Atmen genommen. Ich wünschte mir, dass sich die Frostigkeit, wie ein Dieb in der

Nacht davonstehlen würde und mir ein loderndes Feuer, mein verlorenes Vertrauen, zurück schenkte.

Gestrauchelt beschloss ich vor Jahren, in Zukunft auf meiner Arche Noah, allein durch die friedlichen Weltmeere zu schippern. Auf meinem Weg wollte ich nur noch außergewöhnlichen Menschen, die Liebe und Freundschaft schätzen, die Hand reichen und ihnen einen Platz in meinem Herzen sichern. Auf meiner tollkühnen Reise ist es mir hin und wieder gelungen, ein Stück aus meinem riesigen Eisberg hinaus zu brechen. Viele kleine dünne Risse durchzogen den Frostteppich, der mich umgab und bildeten scharfe Ecken und Kanten. Manchmal viel ein kleiner Eisklumpen über die Reling, zerschmetterte auf dem Schiffsboden und schmolz dahin. Wenn ich am falschen Platz stand und aus Reflex nach einem Eisklumpen griff, hinterließ er nichts als ein paar tiefe Schnittwunden, bevor er sich als Wasserlache über den Boden verteilte. Tausendmal hatte ich in meinen Gedanken den weißen Giganten des Frostes in kleinste Moleküle zerlegt und ihn zum Schmelzen gebracht. Doch wie aus dem Nichts, stand der weiße Riese wieder vor mir, umhüllte meinen Körper mit seiner Kälte, hauchte mir seine kalte, flirrende Luft ins Gesicht und umschloss mein Herz mit einer eisigen Faust.

Frierend, in Gedanken versunken, blickte ich über die Reling in die Ferne und hörte ein dumpfes Motorengeräusch, dann ein Klirren, als würde jemand Eiswürfel in ein Glas werfen. Der Wind sang immer noch: "My Way."

Plötzlich sah ich in zwei leuchtende Scheinwerfer, sie strahlten in der finsteren Nacht, wie zwei Polarsterne. Ihre energiegeladenen Strahlen durchfluteten meinen Körper und schienen durch mich durch zu gehen. Ich kannte den Kapitän des Schiffes, ein paar Mal hatten wir uns schon getroffen. Bei unserer ersten Begegnung trug er einen dicken, wollenen knielangen schwarzen Mantel. In seinem rechten Mundwinkel steckte ein Zigarrenstummel, der sein harmonisches Gesicht durch den Rauch etwas herber wirken ließ. Er war völlig vertieft in seiner musikalischen Welt aus längst vergessenden Tagen. Feierlich sang er das Lied des Windes aus vollster Kehle, schloss zwischendurch seine Augenlider und schien in dieser guten alten Zeit versunken zu sein. Seine Welt glitzerte in diesem Moment wie dieser Eisberg, diese endlose Scholle mit ihren vielen winzigen Kristallgittern. Interessiert schaute ich ihm eine Zeit lang zu, lauschte seiner wohligen Stimme und genoss seinen Auftritt. Es sah nicht danach aus, als wollte dieser hochgewachsene Mann mit seinen sanftmütigen Tönen, seine Bühne so schnell verlassen. Ein Lächeln huschte über sein Gesicht und er wirkte auf mich, als wäre er mit seiner Welt im Einklang, als könnten ihm nur die Eiswürfel in seinem Drink gefährlich werden. Unter seinem schwarzen Hut lugten ein paar dunkelblonde Strähnen hervor, seine hellgrauen Augen funkelten, wie die einer Katze. Je länger ich hinsah, umso mehr erzeugte er in mir das Bild eines schnurrenden, liebevollen, verschmusten schwarzen Katers, der sich auf dem Sofa lümmelte und nach seinem Frauchen Ausschau hielt.

Jedoch heute, ein paar Monate waren seit der ersten Begegnung vergangen, stand er plötzlich auf dem Schiffsdeck der „Manhattan" und manövrierte den Eisbrecher galant durch die raue See. Präzise lenkte er seinen Tanker durch den schmalen Pfad der rechts und links liegenden kalten, weißen, glitzernden Wänden, die jedem Seemann Respekt und Furcht einflößten. Unbeirrt, ohne die Geschwindigkeit zu drosseln, räumte er mutig für die Arche Noah den Weg frei. Er sah nur seinen schwarzen Tanker und das weiße Eis vor sich. Seine Route war durchdacht, denn er wollte sich in der Finsternis nicht verfahren. Seine Seekarte hatte er genau im Kopf, immer wieder warf er einen Blick darauf, in der Hoffnung, sich selbst zu finden.

Es krachte und knirschte als würde sich altes, morsches Holz gegen den Wind auflehnen. Es wütete, schepperte…, rumpelte in der Dunkelheit. Die „Manhattan" rammte die riesige Eisscholle und zerbrach sie in mehrere kleinen, schwimmenden Platten, die meiner Arche Noah freie Fahrt bot. Das Packeis hatte sich wie von Geisterhand in einen warmen Strom verwandelt, der mich auf meiner neuen abenteuerlichen Reise begleitete. Der Wind hatte seine Melodie geändert, nun sang er, „Strangers in the Night".

Wie einst Kolumbus schipperte ich wagemutig, ohne Navigationsgerät und ohne Rettungsboot, der Kälte davon. Ich wusste, er war der Supertanker, der größte Eisbrecher der Welt, der mit dreiundvierzigtausend PS und einem Tempo von zehn Knoten zielstrebig in mein Leben steuerte und mich aus dem ewigen Eis befreite.

Ich spürte sofort, dass nur er in der Lage war, dass zwanzig Meter dicke Eis zu durchbrechen. Nachdem die letzten Eisschollen im Meer geschmolzen waren, die klirrende Kälte der Vergangenheit angehörte, die eiserne Faust mein Herz frei gab, streckte ich neugierig und dankbar dem Kapitän meine Hand entgegen. Mit bedächtigen Schritten stieg er Stufe für Stufe die Schiffsleiter empor und lächelte mir zu. Ich erkannte an seinem Hut und seinem schwarzen, knielangen wollenen Mantel, dass er fror und sich nach einem warmen Plätzchen sehnte. Leise sang der Wind das Lied aus längst vergessenden Zeiten: „Strangers in the Night" la, la, la...lala. Strangers in the Night.

Ich hängte seinen Mantel an meiner Garderobe, bat ihn vor meinem Kamin Platz zu nehmen und schenkte ihm einen Cognac ein. Still saß er da und schaute ins Feuer, wohl in der Hoffnung, dass gänzlich alle Eisberge in seinem Leben in den lodernden Flammen da hinschmelzen würden. Er sah müde aus, abgekämpft, nichts erinnerte an seine glitzernde, musikalische Bühne, an seine Steppschuhe, die er so gerne trug. Das ewige Eis hielt auch sein Herz gefangen. Er traute niemanden, am wenigsten sich selbst. Interessiert schaute ich ihm zu, wie er das Mundstück seines Zigarrenstummels in den Cognac tauchte, sie zärtlich zwischen den Fingern rollte, bevor er sie zum Glühen brachte. Ich setzte mich zu ihm, meine Blicke wanderten über sein glattrasiertes Gesicht und suchten ein Lächeln. Das Meer wurde ruhig, der Wind schwieg, kein Lüftchen wehte. Für die zwei Seelen an Bord der Arche Noah war es schwierig, Eisberge zu erkennen, wenn sich an ihnen keine Wellen brachen.

Er streifte seine Schuhe ab, tauchte erneut seinen Zigarrenstummel in den Cognac, nahm einen tiefen Zug und genoss den Augenblick der Geborgenheit. Das Lied des Windes verstummte und ich lauschte seiner Stimme. Mit jedem seiner Worte kam er mir ein Schritt näher, bohrte sich in mein Herz und ich war mir sicher, dass es richtig war, ihm auf meiner Arche Noah einen erholsamen Platz vor meinem Kamin zu sichern. Aufmunternd lächelte ich ihm zu und wollte alles über ihn erfahren. Bedächtig fing er zu erzählen an, als hätten die lodernden Flammen seine Furcht vor der Wahrheit verbrannt. Der Cognac löste seine Zunge und nahm ihm seine Schweigsamkeit. Vertrauensvoll erzählte er mir von seiner kalten Welt im ewigen Eis. Von seinen

Irrfahrten und seinen bizarren Erlebnissen. Aber auch von seinen Wünschen, Träumen und Ängsten. Seine größte Angst war, für diese Welt nicht gut genug zu sein. Das stimmt nicht, schrie ich auf, du bist doch der Kapitän der „Manhattan", du hast mich aus der Kälte befreit und mich gerettet. Ohne dich würde das Feuer nicht lodern, ohne dich kann die Welt nicht sein.

Seine Worte stimmten mich traurig, immer wieder fragte ich mich, was könnte ich für ihn tun? Nicht etwa, weil ich ihm zu Dank verpflichtete war, nein…, ich fühlte irgendwie, dass hier liebevoll zwei Seelen Hand in Hand spazieren gehen. Sie wollten der Kälte entfliehen und dennoch hatten sie Angst vor den Flammen des Feuers, das in ihren Herzen brannte. Ich genoss seine Anwesenheit, seinen Charme und seine Ruhe, die er ausstrahlte. In seiner Nähe brauchte ich mich vor dem Eis nicht mehr zu fürchten, konnte die Wärme genießen und fühlte, dass ich angekommen war. Wie konnte er bloß glauben, dass ihn keiner braucht, wie konnte er bloß glauben, dass er es nicht wert sei, geliebt zu werden? Wie ein wütendes Tier aus dem Hinterhalt packte mich die Verzweiflung und lies mich nicht mehr los. Unbändige Angst stand in meinen Augen, meine Arche Noah hatte zwar den Weg aus dem Packeis gefunden, dafür war sie jetzt in einen Sturm geraten. Riesige Wellen ließen mein Schiff auf dem Meer tanzen, schlugen gegen den Rumpf, fast hörte es sich an, als würde jemand mit den Fäusten, mit voller Wucht gegen die Tür trommeln und ihr Holz würde zersplittern. Die Eiswürfel in meinem Drink klirrten, der Cognac schwappte über den Rand des Glases und hinterließ einen Fleck auf seiner Weste. Das Beben, Vibrieren und Zittern zerstörten die Idylle. Die Flammen im Kamin drohten unter den eintretenden Wassermassen zu ersticken.

Mein Kapitän zog seine Schuhe an, griff nach seinem dicken, wollenen knielangen schwarzen Mantel, setzte seinen Hut auf und ging von Bord, ohne sich noch einmal umzudrehen. Er wollte dem Sturm entfliehen, wollte sich nicht von den riesigen Springfluten auf das offene Meer reißen lassen und hilflos in ihnen ertrinken. Er fühlte sich nur auf seiner Kapitänsbrücke sicher, dort konnte er den auflauernden Gefahren mutig ins Auge blicken und notfalls das Ruder herumreißen, um dem Orkan zu entkommen. Lieber würde er in seiner Eisriesenwelt erfrieren, als den Sturm gemeinsam mit ihr auf der Arche Noah zu bekämpfen.

Er hielt die Arche Noah, die aus einfachem Holz gebaut wurde, für zu zerbrechlich und den Kapitän für zu wagemutig. Er hatte Furcht die Arche würde am nächsten Felsen zerbrechen und wie ein Stück moderndes Treibholz nur eine Erinnerung an schöne Zeiten zurücklassen. Wieder hörte ich das Motorengeräusch, es entfernte sich mehr und mehr. Hilflos klammerte ich mich mit beiden Händen an die Reling und wünschte mir, dem Sturm zu entkommen. Mein Mantel flackerte wie eine Fahne im Wind, als wollte er zum Abschied winken. Traurig blickte ich der „Manhattan" hinterher, bis sie in der finsteren Nacht verschwand. Der Wind hatte sich gedreht, es wurde still, ganz leise hörte ich das Knistern des Feuers, das immer noch in meinem Kamin brannte. Erschöpft ließ ich mich in den Sessel fallen, schenkte mir einen Cognac ein und zündelte mir eine Zigarre an. Zärtlich rollte ich sie zwischen meinen Fingern und tauchte sie mit dem Mundstück in den Cognac. Ihr herber würziger Geruch erinnerte mich an die Ruhe vor dem Sturm. Der Cognac betäubte meine Zunge, als würde er mich zum Schweigen bringen wollen. Ich wusste, er wollte die Wahrheit von mir nicht hören, dennoch zwang er mich dazu, sie ihm zu sagen. Ich wusste, ich würde ihn damit im ewigen Eis verlieren, aber mir war es wichtiger ihn aus seinen selbstquälerischen Gedanken zu reißen. Es war seine Welt, in der er sich nicht zu Hause fühlte. Er hatte so lange in der Kälte gelebt, dass er dem lodernden Feuer und der Wärme nicht mehr traute. Er wollte nicht da hinschmelzen wie ein Eisklumpen und als Wasserlache auf dem Deck der Arche Noah zerfließen.

Morgen würde er sich an den wärmenden Cognac, dem lodernden Feuer und an meine Worte nicht mehr erinnern wollen. Zu schmerzhaft war die Wahrheit, die sein Bild zerstörte. Er wollte es nicht glauben, dass es einen Menschen gab, der es ehrlich mit ihm meinte, der ihm einen molligen, sicheren, warmen Platz auf der Arche Noah bot, und ihm sagte: „Ich mag Dich!" Zu groß war die Angst zu versagen, lieber schlich er sich, wie eine herrenlose Katze davon, um sich dem Glanz und Glitzer der mächtigen Eislandschaft auszuliefern. Lieber fror er in der Nacht, zitterte und bibberte in der Kälte und wollte für immer schweigen, in der Hoffnung sich selbst zu finden. Leise summte er das Lied des Windes: „Yes, it was my Way"

Dich schickt der Himmel

Endlich Wochenende! Mein Flug geht in zwanzig Minuten und in ein paar Stunden bin ich in Málaga.

Ich zupfte an meiner Uniform und rückte meine Flugkapitänsmütze zu Recht. Eigentlich konnte ich mit meinem Leben mehr als zufrieden sein, immerhin hatte ich es mit dreißig Jahren geschafft, meine Lizenz als CPL unter Dach und Fach zu kriegen. Und heute geht mein Jungfernflug als Kapitän in den sonnigen Süden, mit knapp zweihundert Passagieren an Bord. Wir haben Hauptsaison und der Düsseldorfer Airport platzte fast aus allen Nähten. Tausende tummelnde Menschen, Koffer, schreiende Kinder und ein paar Haustiere zeichnen das Bild. „Kinder, hätte ich auch gerne!" Ich glaube, meine biologische Uhr fängt langsam an zu ticken. Aber da ist mein Job, ewig unterwegs, Hotels in fremden Ländern und richtig, richtig schwer verliebt, hatte ich mich auch noch nicht. Eilig suchte ich vorher noch den Waschraum auf. Ein Blick in den Spiegel zeichnete meine Anspannung. Bedächtig zog ich mir die Lippen nach und sprach mir Mut zu. „Karin, du schaffst das schon!"

Immerhin fliege ich ja nicht zum ersten Mal. „Ich werde meiner Verantwortung schon gerecht, so wahr mir Gott helfe! „Wie heißt es so schön, lieber Bitten, als Blech biegen!" „Ach, wird schon schief gehen!" Zuversichtlich griff ich meinen Trolli und durchquerte gelassen den Airport bis zur Maschine.

Rene`, mein Kopilot saß schon auf seinem Platz, überprüfte die Armaturen und lächelte mir zu.

„Guten Morgen Karin, schon aufgeregt?" „Ein wenig, ich glaube ich brauche erstmal einen Kaffee!" Ich holte tief Luft, ließ mich in den Sitz fallen und versuchte die Ruhe zu bewahren. Das Boarding lief, ein paar Minuten hatte ich noch, um mich von meiner erneuten inneren Unruhe zu befreien, die Anspannung wuchs. Die letzten Jahre liefen vor mir ab, wie im Film, alles was ich gelernt hatte, alles was ich wollte, war auf diesem Platz sitzen. Und nun habe ich ein wenig Furcht vor dem Start. Rene` ergriff meine Hand, schaute mir tief in die Augen, als könnte er meine Gedanken lesen. Es fühlte sich gut an, ich weiß schon lange, dass er ein Auge auf mich geworfen hat und die Frauen laufen ihm nach, aber bei mir muss es Funken. Er sieht verdammt gut aus, ist humorvoll, er hat immer einen kleinen Witz parat und wunderschöne romantische Augen. Bisher hatte ich für eine Beziehung nicht die Zeit, aber so langsam sehne ich mich nach einer Familie, Kinder, Kuscheln und einen geregelten Ablauf. Ich werde mir an diesem Wochenende in Málaga ein Strandbad gönnen und sorgfältig über meine Zukunft nachdenken.

„Rene`, wo bleibt denn der Tankwagen, wir haben nicht genug Kerosin!"

„Ich weiß auch nicht, aber damit kommen wir nicht weit, wir sollten den Tower rufen."

„Tower, bitte kommen, hier spricht Airbus A 320 wir haben zu wenig Treibstoff. Erbitten um Anweisung."

„Hier Tower, bitte geben sie uns ihre Position an, wir haben sie nicht auf dem Radarschirm!"

„Airbus A 320, Flugkapitän Karin Taube, soll das ein Scherz sein? Wir stehen auf Position zwei und möchten endlich wissen, wann der Tankwagen kommt!"

„Hier Tower, sorry, ist schon unterwegs!"

Einen letzten Blick zur Uhr, mit zwanzig Minuten Verspätung, rolle ich von der „Zwei" Richtung Startbahn. Über Funk begrüße ich meine Gäste.

„Hier spricht ihr Flugkapitän Karin Taube und heiße sie im Namen der Air - Berlin an Bord herzlich willkommen, unsere Flugzeit beträgt voraussichtlich zwei Stunden und fünfundvierzig Minuten…, schneller also, als eine Taube!" Geschafft, jetzt heißt es nur noch den Vogel, schlappe siebenundsiebzig Tonnen mit einer Geschwindigkeit von knapp dreihundert Stundenkilometer auf eine Höhe von erst mal fünftausend Fuß zu kriegen.

Aalglatt, geschmeidig, wie an der Schnur gezogen sind wir auch schon in den Wolken. Die Anspannung verfliegt mit der Zeit und nach knapp zwei Stunden Flugzeit können wir den Wolkenteppich und den Sonnenuntergang genießen. Rene` schenkt mir sein Lächeln, mit einem Augenzwinkern überreicht er mir Stolz ein kleines Präsent. „Karin, ich weiß, du magst keine Überraschungen, aber einen kleinen Glücksbringer wirst du mir doch nicht abschlagen können?"

Neugierig öffne ich die kleine rote Schatulle. Ein kleiner Swarowski Glasengel funkelte mich an und ließ mir die Röte ins Gesicht steigen.

„Rene`, er ist wunderschön, und einen Schutzengel können wir bei diesem Job immer gebrauchen Danke, du bist wirklich ein Schatz!"

Ich hatte die Worte noch nicht ganz ausgesprochen, da gerieten wir in ein tiefes Luftloch. Ruckartig verloren wir an Höhe, starke Windböen schienen den Airbus zu packen und wie eine Feder davonzutragen. „Rene`, schalte den Autopiloten aus, wir müssen versuchen, die Maschine wieder in den Griff zu kriegen!"

„Hier spricht ihr Flugkapitän, ich möchte sie nun bitten, ihre Gurte wieder anzulegen, da wir mit starkem Unwetter zu rechnen haben!"

Es ruckelte, schuckelte, ich kämpfte gegen den Wind, es war alles andere als ein ruhiger Flug und das Gewitter kam immer näher und näher. Regen prasselte gegen die Scheibe, ich konnte kaum noch etwas sehen, die Scheibenwischer quietschten und ich hatte Schweiß auf meiner Stirn stehen. Ich dachte an das Wochenende in Málaga, das Wetter sollte schön sein. Ein wenig Sonne, Strand und Meer und wir fliegen durch eine Schlechtwetterfront. Rene` starte mich fragend an und murmelte vor sich hin. „Wir müssen runter, wir sind zu hoch, der Blitz wird uns noch treffen!"

„Rene`, ich weiß, lass uns auf zehntausend Fuß gehen! Schauen wir mal, ob das Wetter dort besser ist!"

„Karin, bitte keine Scherze!"

„Ich mache keine Scherze, das ist mein voller Ernst!"

Die Sicht wurde immer schlechter und Blitze durchzogen die Wolkendecke, gefolgt von einem Donnerschlag, bong, peng. Da war es auch schon passiert. Ein Blitz hatte unser rechtes Triebwerk getroffen, wir sackten ab, blitzschnell fielen die Atemmasken aus ihrem Schlupfwinkel. Fieberhaft griff ich nach ihr, ich konnte es noch gar nicht fassen, aber wir waren in einer brenzligen Situation. Die Passagiere wurden unruhig und kreischten laut umher. Einige fingen an zu beten. Die Stewardessen gaben ihr Beste, aber die Situation war schwierig, das Holpern und Stolpern der Maschine wurde immer schlimmer.

„Tower, bitte kommen, hier spricht der Airbus A 320, wir befinden uns in einer Notlage. Unser rechtes Triebwerk ist ausgefallen, wir sind vom Blitz getroffen worden. Wir verlieren an Höhe. Bitte kommen!"

„Tower, hier ist der Airbus A320, können sie uns hören?"

Hier ist ihr Tower in Málaga, habe verstanden Airbus A320, habe sie auf dem Radar! Mein Name ist Tom Sievert, welches Problem haben sie?"

„A 320, Karin Taube, unser rechtes Triebwerk ist ausgefallen, wir verlieren an Höhe. Befinden uns auf fünftausendzweihundert Fuß!"

„Karin, es tut mir sehr leid, kann ihnen kein besseres Wetter schicken. Es wird kritisch bei der Landung, aber wir werden das Kind schon schaukeln, darauf können sie sich verlassen, sie kriegen das schon hin!"

„Schön, dass sie mir Mut machen Tom, aber momentan sieht es nicht so aus!"

„Wie viel Kerosin haben sie an Bord? Können sie einen Umweg fliegen?"

„A 320, viertausendzweihundert Liter, gibt es einen Weg, die Berge zu umfliegen?"

„Uns bleibt keine andere Wahl, bevor ein zweiter Blitz durch die Maschine fliegt und ihr letztes Triebwerk, außer Kraft setzt. Karin, deshalb hören sie mir jetzt genau zu, keine Angst, ich hol sie runter. Halten sie die fünftausend Fuß und drehen sie leicht nach rechts. Dann halten sie den Kurs bei 180!" Ich befolgte alle seine Anweisungen, seine Stimme wirkte so beruhigend auf mich. Es vibrierte immer noch heftig und zwischendurch glaubte ich die Kontrolle zu verlieren. Der Regen und die Sicht wurden immer schlimmer, und ich sollte die Berge umfliegen. Tom, deine Stimme ist mehr als sympathisch und ich brauche dich, aber Berge umfliegen, jetzt hier und heute?" „Das ist mehr als ein Wagnis, obwohl ich dich nicht kenne, muss ich dir blind vertrauen, wenn ich meine Passagiere sicher ans Ziel bringen möchte?" Die Dunkelheit und schlechte Aussicht machten mir Angst. Es knackte in der Leitung und ein erleichtertes Lächeln huschte durch das Funkgerät.

„Tower an A 320, Karin, bist du bereit?" „A 320 ja, bitte um Anweisung!"

„Karin, wichtig ist jetzt, dass du die Höhe beibehältst. Vor dir sind die Berge von Andalusien, wenn du die geschafft hast, holen wir das Baby runter!"

„Oh! Tom, es tut gut deine Stimme zu hören, die Sicht ist so schlecht und du solltest wissen, es ist mein Jungfernflug!"

„Tower an A320, Jungfernflug, keine Angst, habe schon ganz andere runtergeholt. Vertrau mir Karin, wir packen das!"

„Seine Stimme wirkte so sanft, so sicher, so vertrauensvoll und eine wohlige Wärme durchflutete meinen Körper, wie mag er wohl aussehen?" Ich versuchte mir sein Gesicht vorzustellen. Plötzlich vernahm ich einen heftigen Knall. „Verdammt, wie konnte das passieren? Jetzt ist alles aus!" Irgendetwas hat die rechte Tragfläche zerstört. „Ein Berg?" Ich sah, wie Rene` mit voller Kraft, mit dem Kopf gegen die Scheibe flog. „Rene`, Rene` sag doch was. Er schwieg, er schien bewusstlos zu sein."

„Tower, hier spricht A320, ich hatte eine Kollision, rechte Tragfläche beschädigt und mein Kopilot ist bewusstlos, bitte kommen!"

„Hier Tower, ich höre, was ist passiert?" „A320, wir schmieren ab, ich kann die Höhe nicht mehr halten, und mein erster Offizier ist bewusstlos!"

„A320, ich habe sie auf dem Radar, versuchen sie die Geschwindigkeit auf 310 speed zu drosseln und fliegen sie eine leichte Linkskurve, wichtig ist, dass sie die Höhe auf mindestens viertausend halten können. Karin, sie müssen das schaffen, dann lege ich ihnen auch den roten Teppich aus!"

„A320, habe verstanden, verliere immer noch an Höhe und sehe die Sierra Nevada direkt vor mir. Tom, was soll ich tun?" „Flieg jetzt 90 Grad nach links, für die Landung besorge ich dir Rückenwind, damit du geschmeidig runterkommst. Keine Angst, ich sehe dich auf dem Radar, du machst es sehr gut. Es dauert nicht mehr lange und wir zwei können gemeinsam auf den Schreck einen Brandy trinken, wenn du magst?"

„Hier A320, liebend gerne, wenn ich diesen Flug hier überleben sollte!"

„Du wirst überleben, wenn du jetzt eine 180 Grad Rechtskurve mit der defekten Tragfläche hinbekommst. Ich gebe dir Landeerlaubnis auf Bahn drei und bereite schon mal einen Schaumteppich vor. In ca. 30 Minuten hast du Bodenkontakt, dann kannst du sicher in meinen Armen landen." In diesem Augenblick schien mir nichts lieber als das. Sein lockerer Ton und seine selbstsichere Haltung gaben mir den Mut, den ich für diese Landung brauchte. Ich hatte meinen Airbus wieder unter Kontrolle und mit Hilfe seiner Sehkraft und seinem Enthusiasmus, umflog ich gerade die Berge. Rene` kam langsam wieder zu Bewusstsein, Stöhnte und stammelte immer nur vor sich hin. „Was ist passiert?" Noch unzurechnungsfähig schweifte sein Blick zu mir und Fragen durchbohrten meinen Körper, auf die ich ihm jetzt keine Antwort geben konnte. Mit beiden Händen umklammerte ich das Ruder, meine Hände schwitzten, kleine Schweißperlen sammelten sich auf meiner Stirn und ich wusste immer noch nicht, womit wir kollidiert hatten. „Es kann kein Berg gewesen sein!" Ich war auf 5200 Fuß, und der Picodel Veleta ist nur knapp dreitausendvierhundert Meter hoch. Und in ganz Andalusien gibt es keinen Höheren. Es wird doch wohl nicht ein anderes…, nein, ich mochte diesen Gedanken nicht zu Ende denken.

„A320 an Tower, Tom, bitte kommen!" „Tower hört, du machst das Klasse, wie ist die Stimmung an Bord?"

„A320, soweit ganz gut, mein Co-Pilot ist wieder bei Bewusstsein, aber noch nicht fit für die Landung. Die werde ich wohl alleine meistern müssen! Kannst du mir sagen, womit wir kollidierten?"

„Hier Tower, habe es auf dem Radar nicht erkennen können, wir eruieren noch, aber konzentrier dich lieber schon mal darauf, dass sich die rechten Landeklappen nicht ausfahren lassen. Du musst das irgendwie mit dem Höhenruder ausgleichen. Es wird nicht einfach sein, aber wenn du die Ruhe behältst, wirst du es schaffen!"

„A320 an Tower, ich werde jetzt die Passagiere auf eine unsanfte Landung vorbereiten und die letzten Sicherheitsmaßnahmen besprechen, ower!"

Ich dachte an den Schutzengel, den Rene` mir geschenkt hatte und meine Gedanken kreisten um Tom. „Werde ich ihn jäh kennen lernen, oder wird dies mein letzter Flug sein?" Seine Stimme ging mir nicht mehr aus dem Kopf. Die Zeit war äußerst ungünstig, aber ich hatte das Gefühl, von Schmetterlingen begleitet zu sein. Ein wohliges Gefühl der unendlichen Vertrautheit durchströmte meinen Körper und auf einmal wusste ich genau, er ist es und kein andere, ich musste einfach überleben, das war ein Zeichen, ein Fingerzeig Gottes.

„Hier Tower, Karin, bist du soweit? Ich will dich jetzt runterlotsen! Alle Vorkehrungen sind auf Landebahn drei getroffen. Kannst du die Lichter schon sehen?"

„A320, ja, Tom ich sehe sie deutlich, danke das du mich um die Berge gelotst hast. Ohne dich hätte ich das bei der Sicht nicht geschafft. Ich bin bereit!"

„Tower an A320, Landing clearances, versuche die Landegeschwindigkeit auf 230 zu drosseln, wir haben einen optimalen Süd – west - Wind, er wird dir nützlich sein. Behalte den Kurs bei und zieh die Maschine nicht zu schnell nach unten, denk bitte an das ausgleichen mit dem Höhenruder! So, und nun fahr das Fahrwerk aus. In Gedanken bin ich bei dir und drücke dir beide Daumen!"

Und was ich dir unbedingt noch sagen wollte, du hast so eine tolle Stimme, ich muss dich unbedingt kennen lernen. So, und nun good luck!"

A320, habe verstanden, der Wind ist nicht mehr so heftig, Fahrgestell ausgefahren, Höhe 800, 700, 600... Fuß. Airbus einigermaßen stabil, ich komme, ower!"

„Tower an A320, du machst es super, gleitest wie ein Engel. Achte auf Aquaplaning!" Du darfst auf keinen Fall ins Rutschen kommen, sonst knickst du nach links weg..., dass sieht gut aus, zieh die Schnauze etwas nach unten..., sehr gut, Karin, du schaffst es!"

Bong, ich hörte, wie das Fahrwerk auf der Rollbahn aufschlug, ich drückte das Ruder so fest ich konnte durch, die Erschütterungen wurden fast unerträglich. Es regnete immer noch in Strömen und die Fahrbahn war sehr glitschig. Ich schaffte es die defekte Tragfläche mit dem Höhenruder auszugleichen. Nur noch ein paar Meter und dann haben wir es geschafft. Endlich, der Airbus stand. Erschöpft und erleichtert, nahm ich erstmal einen tiefen Atemzug."

„A320 an Tower, Tom, ich habe es geschafft, alle Passagiere unversehrt, ich bin überglücklich. Danke für deine große Hilfe, ohne dich hätte ich es nicht geschafft!"

„Tower an A 320, hier spricht der Flughafendirektor, Fernandez, ich möchte Ihnen persönlich gratulieren, Frau Taube, sie haben soeben eine Glanzleistung vollbracht, wir wünschen ihnen einen schönen Aufenthalt!"

„Tom, gerne hätte ich noch mal deine Stimme gehört, und mich bei dir bedankt." Glücklich und traurig zugleich, saß ich in meinem Cockpit, hörte den prasselnden Regen auf die Scheiben schlagen und wollte einfach noch nicht gehen. Ich versuchte die Stimme von Tom einzufangen, ließ alles noch einmal Revue passieren. Mir schien es, als hätte er den ganzen Flug über neben mir gesessen, er war mir so nah, und bei dem Gedanken an ihn durchflutete mich ein warmer Schauer. Crew und Passagiere waren von Bord, Rene` in ärztlicher Versorgung und es wurde nun auch Zeit für mich zu gehen. Mein Blick fiel auf das kleine rote Kästchen. Ich nahm meinen Swarowski Schutzengel und hauchte ihm einen Kuss auf, als es plötzlich an der Tür vom Cockpit klopfte. Ich öffnete und schaute direkt in zwei stahlblaue, funkelnde Augen und ein verschmitztes glückliches Lächeln.

„Karin, ich habe dich schon überall gesucht!"

Seine schwarzen Locken hingen ihm ein wenig ins Gesicht. Jung, dynamisch und überglücklich riss er mich in seine Arme. Er küsste mich immer und immer wieder vor lauter Freude. Mir war klar, das konnte nur Tom sein. „Tom, ich hatte so sehr gehofft, dich noch zu sehen." Zärtlich umarmte ich ihn und genoss seine Küsse. „Noch nie hatte ich mich so sicher und geborgen gefühlt, in seinen Augen sah ich unsere gemeinsame Zukunft und spürte grenzenloses Vertrauen." Leidenschaftlich zog er mich in seine Arme, ich lauschte seinem Atem, seinen lieblichen Worten und Schmetterlinge flogen durchs Cockpit.

Glück empfindest du in jedem Augenblick,

in dem dir für diesen Augenblick nichts fehlt.

Und so kann es ein Glas Wasser sein

oder der Moment einer Begegnung,

die dich den ganzen Himmel spüren lässt.

Liz C. Miller

Rendezvous um Mitternacht

Es war eine düstere Novembernacht und ich war allein Zuhause. Der Hund hatte schon ein paar Mal angeschlagen, als er gegen Mitternacht endlich Ruhe gab. Ich wälzte mich noch eine Weile hin und her, hörte das alte Haus ächzen und knarren und war gerade eingeschlafen, als ich spürte, dass es ganz hell im Zimmer geworden war.

Ich öffnete die Augen und sah einen - grellen Lichtstreif. Noch nie zuvor hatte ich solch ein weißes Licht gesehen, dass mich auf meine alten Tage fast erblinden ließ. Vor Schreck schloss ich die Augen, kniff mir in den Arm, um sicher zu gehen, dass ich nicht träumte. Zaghaft lugte ich unter meinen Augenlidern hervor, blinzelte ein paar Mal, jedoch wollte das Licht - nicht entschwinden. Es tänzelte, flackerte unruhig durch das Zimmer. Tausende winzige Funken sprühten und knisterten wie bei einem Strauß gezündeter Wunderkerzen. Ich tastete über meinen Nachttisch, griff nach meiner Brille und setzte sie mir mit zittrigen Händen auf. - Nach einer Weile verlor das Licht seine Kraft. Wie ein

Kegel blieb es in sanftem Gaukelspiel vor der Tür stehen, als wollte es mir etwas zeigen. Es wurde still im Raum. Ich spürte das Pochen in meiner Brust, lauschte in die Stille hinein und hörte, wie meine Atmung in Wallung geriet.

Plötzlich sah ich im Schein des schwebenden Lichts, wie sich die Türklinke nach unten senkte.

Gebannt starrte ich auf die Tür, die sich vor mir saumselig wie ein Sargdeckel öffnete. - War es soweit? Würde ich heute meinen letzten Weg antreten? War es der Sensenmann, der mich aus meiner Einsamkeit erlöste?" Schon lange war mein fahles Haar zu einem Dutt gekämmt, meine einst pfirsichglatte, schokoladenbraune Haut war blass und runzelig. Das Strahlen meiner blauen Augen gehörte der Vergangenheit an. Verschenkt mein Lächeln an eine unerwiderte Liebe. Nur die Neugier war mir geblieben.

Es knarrte, als würde jemand über die alten Bodendielen schleichen. Ich konnte niemanden sehen, dennoch hörte ich Schritte. Ein Luftzug streifte mein Haar und ich fühlte, wie mir eine Hand zärtlich die Wange liebkoste. Ich kannte diese Hand, diese Geste. Meine Angst wich der Sehnsucht nach ihr.

Ich hörte die leisen Klänge eines Saxophons. Es musste aus der Wohnstube kommen. Ich schlug die Bettdecke auf, schlüpfte in meine Pantoffeln, zog mir meinen Morgenmantel über mein Nachthemd und folgte mit sanften Schritten den zauberhaften Klängen. Mein Herz schlug bis zum Hals. Meine Finger gruben sich vor Aufregung in den Knauf meines Gehstocks. Seit vielen Jahren hatte das Saxophon neben dem schwarzen Flügel gestanden und auf ihn gewartet. Niemand durfte es berühren. Täglich hauchte ich meinen Atem auf das edle Metall, polierte es liebevoll, -in der Hoffnung ihn nur noch ein einziges Mal drauf spielen zu hören.

Als ich die Wohnstube betrat, sah ich ihn. Er trug einen Smoking. Sein weißes Hemd war mit einer Fliege bestückt und seine Lackschuhe glänzten, wie das Saxophon in seinen Händen. Er trug immer noch den Ring mit dem schwarzen Stein an seiner rechten Hand und die dazugehörigen Manschettenknöpfe von seinem verstorbenen Großvater. Er hatte immer noch das charmante Lächeln und das Funkeln in seinen Augen. Im Gegensatz zu mir war er nicht einen Tag älter geworden. Sein kurzes braunes Haar glänzte, sein

Gesicht war glattrasiert und zart wie vor über dreißig Jahren. Seine graziösen Finger spielten unser Lied, „Can you feel the Love tonight ". Seine schwungvollen Lippen pressten sich auf das Mundstück und mit jugendlicher Kraft blies er das Saxophon. Er wurde vom Flügel begleitet, magisch bewegten sich die Tasten, als könnte er sie mit seinen Gedanken berühren. Ungläubig, jedoch glückselig setzte ich mich in meinen Schaukelstuhl, legte mir die Kuscheldecke über meine nackten Beine, lauschte der Musik und konnte den Blick nicht von ihm wenden. -Im Stillen ermahnte ich mich, wie konnte ich so unhöflich sein? -Auch wenn ich zum Sterben bereit war, vielleicht wollte er etwas trinken? –

Ich erhob mich, tapste in die Küche und tastete nach der besten Flasche Rotwein die ich besaß,- und wählte zwei Weinkelche aus. Liebevoll entkorkte ich den Reversa, hüllte den Flaschenbauch in eine Serviette, schmückte den Hals mit einem Tropfenfänger und stellte sie in den Weinkühler. Genau wie damals, als er mich spüren ließ, dass es zwischen uns aus war, bevor es richtig angefangen hatte. Die Musik beschwingte mich, hauchte mir neues Leben ein.

Er spielte unser Lied und ich wusste, dass er noch nicht gegangen war.

Ich stellte den Weinkühler auf den kleinen Glastisch neben dem Schaukelstuhl, zündete ein Meer von Kerzen an und schenkte den Wein ein. Unsere Blicke trafen sich, er zwinkerte mir zu, wie damals, als er zu mir liebevoll sagte: „Verlieb dich nicht in mich!" Als ich ihm sagte: „Zu spät!" Als er mir sagte: „Du bist verrückt!"

Ich nippte an meinem Rotwein, Erinnerungen krochen hoch und langsam wurde mir die Unfassbarkeit dieser Situation bewusst. Ich hörte diese Melodie, sah sein Antlitz, spürte seine Nähe, Wärme - und doch konnte es nicht möglich sein. Er wusste nicht einmal, wo ich heute lebe, besaß keinen Schlüssel außer den zu meinem Herzen und er müsste viel älter aussehen. Stattliche fünfzig, graues Haar und Spuren des Lebens im Gesicht. Seine Worte rissen mich aus meinen Gedanken.

„Keine Angst, du bist nicht verrückt, in all den Jahren war ich an deiner Seite, konnte deine Liebe spüren und nun komme ich um dich zu holen. Ich will mit dir zusammen sein! Siehst du das Licht? Damals wäre ich gerne geblieben, ich hätte gerne deine Hand gehalten, dir gesagt, wie viel du mir bedeutest. Entschuldige, ich war ein junger Vogel, der gerade aus dem Nest gefallen war und noch nicht fliegen konnte! Ich weiß, ich bin ein paar Jahre zu früh, deshalb lasse ich dir die Wahl: Du kannst heute mit mir gehen, oder du kannst morgen früh erwachen – ohne jede Erinnerung an diese Nacht.

Liebevoll legte er das Saxophon auf meinen Schoß und küsste mich auf die Stirn. Augenblicklich wurde sein lebendiges Bildnis von Schwäche gezeichnet, verlor an Farbe und Kontur. Die Melodie spielte nur noch flüsternd, als käme sie aus einer anderen Welt. Mit beiden Händen umklammerte ich das Saxophon, als könnte ich die Erinnerung an ihn festhalten. Die Kerzen erloschen, als hätte ein Engel sie ausgeblasen. Das weiße, grelle Licht kehrte zurück, tänzelte um mich herum und füllte meinen Geist mit liebevollen Erinnerungen.

Ich schloss die Augen und naschte am reich gedeckten Tisch der wiederkehrenden Gefühle. Spürte die Leidenschaft unseres ersten Kusses und genoss das Kribbeln auf meiner Haut. Es fühlte sich an, als würde ein warmer Sommerregen bedächtig von der Kopfhaut den Rücken hinab rieseln. Sehnsüchtig drückte ich das

Saxophon immer fester an meine Brust und versuchte nach ihm zu greifen. Ich griff ins Leere, traute mich aber nicht meine Augen, zu öffnen. - Wusste nicht, wie viel Zeit mir noch bleibt. - Ich wollte ihn nicht noch einmal verlieren.

Meine Knie wurden weich, fingen an zu zittern, genau wie damals, als unsere Liebe noch jung war. Als ich mich über Nacht unsterblich verliebte. Heute durfte ich das halbwüchsige Mädchen sein, dass ich einst für ihn sein wollte. Heute durfte ich noch einmal in seinen Armen liegen, hörte, wie der Regen an das Fenster trommelte und er mir von seiner Kindheit erzählte.

Ein anziehender Geruch durchströmte den Raum. Betörend, männlich ohne geblümte Beimischungen. Es roch nach ihm. Unverfälscht, reif, zeugungsfähig ohne eine Spur von Aftershave. Selig schlummerte ich zu jener Zeit in seinen Armen und träumte von einer gemeinsamen Zukunft. Eine Zukunft, die es für uns nicht gab. Zu groß war die Kluft der Erfahrungen und der Zahlen auf dem gedruckten Papier, das uns ein Leben lang begleitet.

Das weiße Licht wurde immer greller, unwillkürlich öffnete ich die Augen. Blitze durchzuckten den Raum, als würde mir die Zeit

davon fließen. Plötzlich war er da, sein Arm. Galant reichte er ihn mir, um mich wie ein Gentleman zum Tanz zu führen. – Sollte es mein letzter Tanz sein? - Ich fühlte, wie er seinen Arm um meine schmale Taille legte, mich an sich zog und unsere Wangen sich berührten. Federartig streichelte sein warmer Atem meinen Hals und lud mich zum Träumen ein. Sinnlich schmiegten sich unsere Körper aneinander und wogen sich sanft im Einklang zur Melodie. Ich spürte das Pochen unserer Herzen, sie schlugen im gleichen Rhythmus, als wollten sie ein gemeinsames Lied singen. Sanft zog er mich an sich, schaute mir in die Augen und flüsterte mir ins Ohr:
„Danke das du mir dein Lächeln geschenkt hast!"

Friedlich schloss ich die Augen, folgte dem Licht, in der Hoffnung, ihn noch einmal spielen zu hören.

Tanz der Götter

chtundzwanzig Sonnenaufgänge, geschlagene vier Wochen hatte ich mich in glühender Leidenschaft und Zweifelhaftigkeit, in Geduld geübt. Meinen Mobilkalender programmiert, obgleich ich wusste…, dass ich diesen Tag nicht vergessen würde. Eher wäre ich gestorben. Die letzten Tage kamen mir endlos vor. Sehnsucht nagte an mir, wie ein Tagedieb, ich musste und wollte mich leblos stellen. Dennoch pulsierte mein Blut in den Adern. Wohlig vernahm ich den Takt meines Herzschlages, spürte meine Lebendigkeit, lauschte meiner Spielgefährtin, meiner inneren Stimme, die in mir hauste. - „Wird mein Herz in der Abenddämmerung frohlocken?" – Mein Nacken schmerzte, zu viele Nächte hatte ich mich in Unentschiedenheit hin und her gewälzt, dem Engel und seinem Erzfeind beim Streitgespräch über die Schulter geschaut. Meinen inneren Schuft tapfer besiegt. Kein Lebenszeichen hatte ich von mir gegeben. Keinen Ton! Erneut tänzelten meine Sinne zwischen Begehr…, Leidenschaft und Erfüllung. Sah ihn vor

mir, fühlte die Spannung mit der wir einst den Raum erfüllten, das Knistern, das Verlangen miteinander zu verschmelzen. Wir konnten nicht von uns lassen, genossen die Kostbarkeit des Prickelns, das unsere Berührungen hervorrief. Wollten uns riechen, schmecken bis zur Erschöpfung. Geschwächt von der Zerrissenheit meiner Begierde und der auflebenden Glut, die durch meinen Körper zog, schloss ich die Lider. Sehnsüchtig drückte ich mein Kissen an die Brust, ersehnte Regie in meinen Träumereien zu führen, fernab von Annahmen und ungelösten Fragen. – „Hatte ihn meine Antwort erreicht, er sie in Liebe verschlungen, obgleich er keine Antwort wollte? Hatte er abschließend dem wilden Treiben im fernen Land den Rücken gekehrt…, oder sollte ich fügsam zu unserem Wohl, ihn in Liebe vergessen?" – Ich bat ihn, auf meinen Brief nicht zu antworten, wollte keine Zu, -oder Absage für den Tag, dem stillschweigendem Pakt, der unsere Lebensgefühle, an einem gewöhnlichen Dienstag, für allezeit verwandeln würde! Nur noch ein paar Stunden, dann würde das Schicksal erbarmungslos um sich greifen! - Sanft löste ich mich vom Hier und jetzt, berechtigte meiner Spielgefährtin, Heldin zu sein…, gab ihr den

Spielraum, die Macht ihn zu vergessen, oder um ihn zu kämpfen. Erinnerungen stocherten in der Glut und brachten das Feuer zum Lodern.

Er kam überraschend mit dem Einbruch der Dunkelheit. Oh…, dieses Lächeln, ich werde es wohl nie vergessen. Seine markanten, herben Gesichtszüge mit dem barbierten Schopf erinnerten mich an dem Film – Stirb langsam. Unbesiegbar, zäh, mit charakterfesten Gesichtszügen. Gleichwohl wirkte er …, die Hände tief in den Hosentaschen vergraben, wie ein schaulustiger Jüngling auf dem Weg zu neuen Abenteuern. Seine feingerippte, nussbraune Cordjacke irritierte mich etwas. - Sollte er etwa ein schmalspuriges, aufgeräumtes Leben führen? - Seine strahlenden, kastanienbraunen Augen wanderten über meinen Körper. Beschwingt zog er mich in den Arm, hob mich empor und küsste meine glühenden Wangen. Er folgte mir ins Haus. Ich spürte seinen Scharfblick und war mir sicher, er musterte meinen Hintern. Meine enganliegende Bluejeans brachte ihn apart zur Geltung, ohne ihn zur Schau zu stellen. Spontan entglitten ihm die Komplimente, wenn auch etwas holprig. Ich hatte schon viele gehört, aber -

genetisches Wunder -, offenbarte sich, wie ein im Denkmal gemeißelter Schriftzug.

Ich drückte das Kissen fester und fester an meine Brust. Speichel füllte meinen Mund, unwillkürlich fuhr meine Zunge über meine Lippen, als würde ich mich auf ein Appetithäppchen freuen. Allein der Gedanken an ihn, an einst verwegene Liebesspiele bewegte mich. Ich versuchte, mich zur Ordnung zu rufen. Verdrängte meine Erinnerungen an die köstlichen Stunden unserer Zweisamkeit, versuchte seinen Witz und Charme, seine Leidenschaft für heute zu vergessen. Es gelang mir nicht! Immer und immer wieder schossen mir die Bilder durch den Kopf, vernahm ich seine Worte…, Kurschneidereien, die mich verzückten. Ich spürte seinen Atem leicht wie eine Feder über meinem Leib. Seine Zunge, umspielte meine, seine Hände streichelten, tasteten, kneteten…, spielten mit mir. Wie hätte ich diese Stunden…, diese Zärtlichkeit jemals vergessen können? Sein Atmen klang wie eine Sinfonie, ein… „Bolero" von Ravel in meinen Ohren. Nur der Schweiß, der aus unseren Poren schoss, konnte uns vor Verbrennung schützen.

Benommen von dem erotischen Nachgeschmack, Szenen der Lust aus vergangenen Zeiten, wickelte ich mich aus den Federn, rieb mir die Augen und stammelte vor mir hin, als könnte ich seine Anwesenheit, vor dem Morgenkaffee verscheuchen. Im weichen Frottee lustwandelte ich dem duftenden Aroma entgegen. Frisch geröstet, fünf Löffel Zucker, ohne Milch…, so trank ich ihn am liebsten. Ich rührte und rührte. Je länger ich in meiner heißen Liebe rührte, der Duft der Bohne meinen Geist betörte, desto klarer wurde mir die Tragödie. – „Was hatte ich mir nur dabei gedacht? - Edelmütig wie ein Ritter, ohne Schutzschild, diesen Pakt zu schließen, ein ungewöhnlicher Weg seine Gefühle zu erklären! - Ich fühlte mich wie eine Amazone, spärlich bekleidet, nur mit einem Lendenschurz, der meine geschwungenen Hüften zur Geltung brachte, um sie als Waffe einzusetzen. Oft hatte ich von den Waffen der Frau gehört …, oh ja! Die, die einen Mann betören, ihn hilflos erscheinen lassen. Noch nie hatte ich sie gezielt eingesetzt! - Wäre ich doch nur Amor, so hätte ich wenigsten Pfeil und Bogen!"

Das Prasseln der Dusche hörte sich an, wie ein Trommelwirbel. Dampf umhüllte meinen zarten

Körper. Präsent die Szenerie, als wir verschlungen den Tanz der Götter tanzten, uns küssten, ich an seinem Körper klebte, der Ohnmacht nah. Wieder spürte ich seine Hände auf meiner nackten Haut. Seine Zähne wollüstig in meinem Hals vergraben. Wieder versuchte ich die Erinnerungen, zu vertreiben…, holte mich zurück in den Tag. – „Sollte ich mich ihm heute zur Beköstigung vorwerfen…, ihm meine Liebe, vor die Füße schmettern? Ihm sagen …, ich brauch Dich…, ich liebe Dich, ich will Dich? -

Bedächtig rollte ich den Seidenstrumpf über meine Schenkel. Erst den Rechten, dann den Linken. Streifte mir den Rock über und schlüpfte in die Pumps. Die Nägel waren lackiert, unauffällig, ein leichtes rot, warm und herzlich. Gezielt griff ich in mein Dessous - Schatullen für bestimmte Gelegenheiten, Augenblicke die für eine besondere Kunst gedacht waren…, die Kunst zu Verführen. Ich entschied mich für ein spielerisches Ensemble, sexy aber nicht aufdringlich. Mir stand der Sinn nach einer Mischung aus Romantik und Unwiderstehlichkeit. Genüsslich mit dem Gedanken an ihn schlüpfte ich in den String, zog den Bustier an und genoss die Seide auf meiner Haut. Ich schaute auf die

Uhr. Es war noch so viel Tag um mich herum. Ich hatte Zeit..., alle Zeit der Welt, rücklings schmiss ich mich auf das Bett. – „So viel Brezel für ein vielleicht..., kann schon sein..., wir werden sehen, oder auch nicht Fälligkeitstag-, machte mich etwas nervös!"

Ich zündete mir eine Café Crema an, rollte die Zigarillo liebevoll zwischen meine Finger, nippte an meinem Prosecco und schaute gedankenverloren, den sich in Luft auflösenden schwebendem Grau hinterher. Es roch nach Melancontón und erinnerte mich an den Süden. An mein letztes Schachspiel unter sternenklarem Himmel. Ein Geistesblitz war die Lösung nach der ich verzweifelt gesucht hatte. - Schach Matt -, war das magische Wort, was mich nicht mehr losließ. Eine Dame war zu viel im Spiel. Ahnungslos, unsicher und machtlos fühlte sich der Moment an. Unwillkürlich tastete ich nach meinem Handy und schaute es zögerlich an. - „Ihn anrufen, nein! Das Schicksal sollte entscheiden!" – Plötzlich vernahm ich seinen Duft, als wäre er gerade an mir vorbeigehuscht, hörte seine dunkle Stimme, das Lachen und sah das Blitzen in seinen Augen. Erinnerte mich an seiner smarten Gang mit den Händen in den Taschen, in denen meine im

Winter noch Platz fanden, obwohl ich ihn eigentlich vergessen wollte. Fühlte seinen gestählten Brustkorb mit dem leichten Flaum, der meinem Schopf ein Ruhekissen bot, während er mit meinem Haar spielte. Sehnsucht ergriff mich nach unserem morgendlichen Ritual, als wir den Kaffee im Bett tranken und mein Kopf vertrauensvoll in seinem Schoß ruhte. Meine Lippen ihn liebkosten. Sein schneidiger Hintern sich wohlgeformt in meine Hände legte, wenn wir uns ganz hingaben. Meine Schläfen fingen an zu pochen, ein Seufzer verlor sich in Zeit und Raum.

Mit einem Sprung hüpfte ich aus dem Bett, schlüpfte in den Body, griff mir zwischen die Schenkel und schloss die Druckknöpfe. Geübt griff ich nach meinen Brüsten. Kokett sollte der Anblick meines Dekolletés sein…, aber nicht gewagt. Ich drapierte sie passgenau und schaute kritisch in den Spiegel. – Passt…, Schach matt, zwinkerte ich mir zu! – Frohgelaunt schaltete ich das Radio ein, lauschte der Musik und entschied mich für ein sinnliches, Abend Make-up mit warmen Brauntönen. Feierlich griff ich nach dem Flakon, stäubte mir das Parfum auf den Hals…, zuerst rechts, dann links. Verrieb es auf meinen Handgelenken und zwischen meinen Brüsten. Der betörende Duft ließ mich augenblicklich unwiderstehlich…, verlockend erscheinen, nicht zu lieblich, nicht zu herb. Nur ein Hauch von Sinnlichkeit, in einer Dosierung von vielleicht…, kann schon sein…, wir werden sehen, oder auch nicht.

Ich öffnete die Tür zum Foyer, Wärme und grelles Licht schlug mir ins Gesicht. Dezent schaute ich mich um. Keine Spur von ihm. Nichts! Plakate mit Helden, exorbitanten Titeln und ungeheuerlichen Feldzügen versuchten mich, für sich zu gewinnen. Ich blickte auf die Uhr. Dreißig Minuten bis zum Glockenschlag. Ich musste mich entscheiden. Entscheiden zu gehen, weil es mehr als Freundschaft war. Oder den Plan durchziehen. Wörtlich, als hätte ich ihn gerade getippt, viel mir der Leitsatz meiner letzten Mail ein. Die Nachricht, die diesen Tag bestimmte, auf die ich keine Antwort wollte! - „Ich werde mit zwei Kinokarten auf Dich im Entree warten, wenn Du nicht kommst, habe ich definitiv eine Karte zu viel…, dann werde ich mir im Foyer den wohl schnittigsten Kerl rauspicken, ihn zum Film einladen, danach in die Eckkneipe entführen und mich stumpf besaufen! Zitat ende!" - Mein Blick schweifte zu den Aushängen, sie waren bunt gemischt mit großen Lettern und ich ahnungslos. Gezielt ging ich zur Kasse, schob einen Zwanziger über den Tresen und kaufte zweimal Loge für den Film - Der Plan-. Der Titel erschien mir sinnvoll. Lovestory mit Konflikten, versucht dem Schicksal zu entfliehen, ohne wirkliche Chance und doch mit Happy End. Gespannt blickte ich auf die Uhr. Verbleibende zehn Minuten, um der Realität seiner Entscheidung ins Gesicht zu blicken oder den schnittigsten Kerl anzusprechen. Ich schaute mich um. – Tja…, was hatte ich erwartet an einem gewöhnlichen Dienstag, im Lichtspielhaus dieser kleinen Seelengemeinschaft mitten im Herzen von Kempen? - Es war beschaulich. Ein paar Liebespärchen, eine Gruppierung flegelhafter Jungs mit kindlichen Manieren. Zwei Freundinnen die verstohlen zu den Jungs rüber schauten und hinter vorgehaltener Hand kicherten, als läge Lachgas in der Luft. Und ein extrovertierter Typ, der etwas merkwürdig erschien. Wie gebannt starrte er das Plakat meiner erworbenen Kinokarten an, schien es buchstäblich zu studieren. Sein Hut war tief über die Stirn gezogen, so tief, dass die Krempe den Rand seiner dunklen Brille berührte. Der Kragen seines Trenchcoats war hochgeschlagen und mit einem

Schal umwickelt. Irgendwie wirkte er auf mich wie Sherlock Homes. Analytisch rational. Kopfschütteln verließ ich das Foyer und zündelte mir vor der Tür eine Zigarette an. – „Wenn er in fünf Minuten nicht kommt…, dann bleibt mir keine andere Wahl. Sherlocks müsste herhalten" - Ich nahm einen tiefen Zug, schaute auf meine Seidenstrümpfe, als suchte ich nach einer Laufmasche, um in der Dunkelheit zu entschwinden. Ich lauerte auf Schritte, Geräusche von Ledersohlen, die über Kopfsteinpflaster durch Pfützen schritten. Schritte, deren Geräusch plötzlich vor mir verstummte und durch ein Räuspern oder Hallo ersetzt würde. Nichts, still war die Nacht. Das Glockengeläut der Kirchturmuhr riss mich aus meinen Gedanken. Meine Stunde hatte geschlagen, es war Punkt zwanzig Uhr. Der Höhepunkt aller Anspannungen war vorbei. Schach matt, ich hatte verloren. Geläutert mit einem Lächeln und meinem Notfallplan steuerte ich auf Sherlock Homes zu und sprach ihn an.

„Entschuldigung…, Sie machen auf mich den Eindruck, als könnte sie der Film faszinieren. Ich bin versetzt worden und habe eine Karte zu viel…, darf ich Sie einladen?"

Schweigsam mit geneigtem Kopf reichte er mir seinen Arm und schritt mit mir die kleinen Stufen hinauf. Ich hielt die Karten zum Abriss bereit.

„Guten Abend die Herrschaften..., Saal 3 bitte dort entlang, sie haben freie Platzwahl..., ich wünsche ihnen einen angenehmen Abend!"

Gedankenverloren, stumm, ohne Gemütsregung schritten wir den Gang entlang, vorbei an Popcorn und Coca-Cola. Der Platzanweiser öffnete die Tür und leuchtet mit der Taschenlampe durch die Sitzreihen. - Saal drei, wie damals beim „Stichtag", kurz nach dem Begräbnis seines Vaters. Für einen Moment hatten wir gezweifelten, spürten die Beklommenheit, als über die Leinwand die Asche des verstorbenen Vaters in einer Kaffeedose, flimmerte und den Helden mit makabren, mehr als schaulustigen Szenen durch den Film begleitete. Der ausgebuchte Saal fließbandmäßig in schallendes Gelächter ausbrach. – Bei dem Gedanken huschte mir ein Lächeln über das Gesicht. Es war das einzige Mal, dass er im Kino rechts neben mir saß. - Nun hatte ich Sherlock an meiner Seite und ihn im Kopf. Erinnerungen an die leidenschaftlichen Nächte, die unseren Lichtspielabenden folgten. Sherlock führte mich durch den dunklen Gang nach oben in die letzte

Reihe, schritt voran bis zur Mitte und ließ sich in den Sitz fallen. Ich zog meinen Raincoat aus und setzte mich schweigend neben ihn. Mein Blick wanderte im Lichtspiel der Leinwand umher. Kein Rascheln, kein Knistern…, kein Husten, der Saal war leer. Sherlock saß einfach nur da. Breitbeinig mit verschränkten Armen, viel zu langen Ärmeln, Hut, Krampe, Brille und machte keine Anstalten sich zu lockern oder gar sich des Trenchcoats zu entledigen. Ich kannte nicht mal seinen Namen. Ich stützte meinen Kopf in die Hand, massierte meine Schläfe, als könnte ich damit mein Gehirn ankurbeln. – „Ich war zur falschen Zeit am falschen Ort!" - Beklemmung stieg in mir hoch, ich zweifelte an meiner Zurechnungsfähigkeit und fragte mich, wie ich aus dieser pikanten Nummer unauffällig verschwinden könnte, ohne unhöflich zu wirken. – „Ach…, wir sind hier auf dem Buttermarkt und nicht auf der Baker Street!" - Ich versuchte mich zu entspannen, lehnte mich zurück. Washington, das Weiße Haus, die Wahl des Senators zog mit lauten Stimmen durch den Saal. Elisa die schöne Tänzerin lauschte ungewollt der Kandidat - Rede auf dem Herrenklo. Ein Blick, ein Kuss und keine Macht der Welt, konnten sie jemals wieder trennen. Sie flüchteten vor den

Herren mit dem Hut, die das Schicksal in der Hand hielten. Türen flogen auf und zu. Ich erschrak.

Plötzlich öffnete sich die Tür, der Schein einer Taschenlampe leuchtete durch den Saal und blieb auf mir haften. Geblendet kniff ich die Augen und stupste Sherlock an. Ich blickte zu ihm rüber. – „Hatte er gerade ein Zeichen gegeben? War das ein Winken? Ja, er winkte die Person im Gang zu uns heran. Oh nein…, nein, bitte nicht noch so eine ominöse Figur ohne Stimmbänder!" – Die Taschenlampe verschwand, neugierig schaute ich der Silhouette zu, wie sie sich auf uns zu bewegte. Ich glaubte meinen Augen nicht…, was hatte Sherlocks mit ihm zu tun? Jäh…, vernahm ich seine vertraute Stimme und war mir sicher, es konnte kein Zufall sein.

„Danke Didier, dass Du den Undercover Einsatz für mich übernommen hast, Du kannst jetzt Feierabend machen. Ich übernehme!"

Sherlocks erhob sich, nahm seinen Hut und lüftete sein Haupt mit einer Verneigung, „Guten Abend Rebecca, war schön, Dich mal wieder zu sehen!" Mit einem breiten Grinsen drängte er sich an mir vorbei und verschwand zwischen den dunklen Sitzreihen.

„Ja., ja., hat mich auch gefreut Didier, bis zum nächsten Mal. Man sieht sich, denn man ist ja nicht blind!"

Verdutzt schaute ich zu ihm auf. Ein Siegesstrahlen zog über sein Gesicht, als er sich aus seiner feingerippten Cordjacke pellte. Schweigend setzte er sich dicht neben mir. Links wie in alten Zeiten. Er legte seine Hand in meine, zog sie auf seinen Oberschenkel und schaute gebannt auf die Leinwand.

„Undercover...? Du wolltest dich leise aus unserer Liebe schleichen..., was hat das zu bedeuten?"

Seine Augen funkelten entschlusskräftig. Er wirkte gelassen, nicht mehr so nervös und unentschlossen wie vor ein paar Wochen. Sein Gesicht war leicht gebräunt und schien entspannt. Er nahm mein Gesicht in seine Hände, schaute mich fragend an, als müsste er sich eine Erlaubnis holen. Er kam näher und näher, bis sich unsere Lippen untrennbar berührten.

„Aus Deinem Leben schleichen..., niemals Süße! Ich hatte noch einen Einsatz und wollte nur sicher gehen, dass Du mir nicht verloren gehst in dieser Vollmondnacht!"

Er zog meine Hand an seinen Mund, küsste sie. Liebevoll zog er mich an sich. Voller Leidenschaft spielten unsere Zungen das Spiel der Lust. Berauscht vergruben sich seine Zähne in meinem Hals. Spätestens jetzt war er sich sicher, dass ich seiner Zärtlichkeit in dieser Stunde nicht mehr widerstehen konnte. Seine Hand schlängelte sich streicheln über meinen Körper. Ich spürte sie sanft auf meinem Knie, dann auf meinem Schenkel, bis sie sich unter meinem Rock versteckte. Seine Finger streichelten über den Spitzenrand meiner Seidenstrümpfe. Der Übergang zwischen nackter Haut und Nylon turnte ihn an. Langsam öffnete ich seinen Gürtel, fingerte nach seinem Reißverschluss und zog ihn genussvoll Richtung Schritt. Synchron spürte ich das Aufspringen der Druckknöpfe. Gleitend schob sich meine Hand über seinen Waschbrettbauch, hindurch vom Gummizug seines Slips ins Zentrum, der Lust. – „Schach matt!"

Laute Musik riss mich aus meiner Leidenschaft. Entsetzt öffnete ich die Augen…, der Abspann lief und Licht durchflutete den Saal. Auf dem Höhepunkt des Genusses von Sinnlichkeit benommen stellte ich fest, ich war allein, restlos überarbeitet, liebte ihn immer noch und Sherlocks war ohne ein Wort gegangen.

Ich puhlte mich aus dem Sitz, zog mein Raincoat über und verließ den Saal. Sherlock hieß nicht Didier, der Plan ging nicht auf und ich heiße nicht Rebecca! Nur er war echt! Ich ging durch das Foyer…, da stand er, wie der Held in „Stirb langsam" seine Hände tief in den Taschen versunken auf den Weg zu neuen Abenteuern.

Sie, die Menschen, halten mich für verrückt,
	weil ich meine Tage nicht für Gold verkaufen will
und ich halte sie für verrückt,
weil sie glauben, meine Tage hätten einen Preis.

Khalil Gibran

Wer mit dem Teufel tanzt…,

braucht den Engel nicht zu fürchten

Meine Koffer waren schon lange gepackt, standen zum Abtransport bereit. Sie sollten mich in meine neue Zukunft begleiten. Eine Zukunft voller Ungewissheiten, Risiken, ohne Tabus und jeglichen Begleitschutz. Ich wollte frei sein, frei sein von den alltäglichen Zwängen, die mir ohne meine Einwilligung auferlegt wurden, die mir meine Identität raubten und die mir seit Jahren unerträglich erschienen. Frei sein von der Lieblosigkeit und Gleichgültigkeit, die mir die Luft zum Atmen nahm und mich frühzeitig für tot erklärte.

Ich wollte aus meinem Herzen keine Mördergrube machen, wollte mir nicht mein eigenes Grab schaufeln, wollte nicht mehr den einzelnen Tag immer wieder aufs Neue bereuen. Eins wurde mir allmählich klar. Liebe ohne Gegenliebe ist wie eine Frage ohne Antwort! „Und kein Mensch…, kein Mensch auf dieser Welt kann mir verbieten über Nacht klüger zu werden!", flüsterte ich mir zu.

Mit einem Ruck zog ich die Tür hinter mir zu und atmete tief durch. – Nur nicht zurückblicken, schau gerade aus, da ist dein Weg. Nicht zurückblicken, denn wer zurückblickt kommt wieder! -

Ich verstaute meine Koffer in den Wagen und fuhr, als wäre der Teufel hinter mir her. Als wollte die Vergangenheit mich einholen und meine Seele nicht loslassen. Sonnenblumenfelder zogen an mir vorüber, sattes Gelb mit tausend winzigen schwarzen Punkten, wedelten in der flirrenden Luft, als würde mir jede einzelne zum Abschied winken. Ein warmer Wind schlich sich durch das halb geöffnete Fenster, spielte mit meinem Haar, streichelte mir die Wange und hauchte mir jungfräuliches Leben ein. Plötzlich fühlte ich mich wieder jung, dynamisch und erfolgreich.

Gedanken wirbelten durch meinen Kopf, machten sich breit wie eine Rasselbande ungezogener Kinder, die einfach nicht von mir weichen wollten. Lautstark schrien sie wild durcheinander, hüpften rücksichtslos kreuz und quer und zerrten an mir herum. –Ich war sicher, meine Entscheidung war richtig, sie fiel nicht vom Himmel und er nicht aus den Wolken, auch wenn er es in all den Jahren nicht akzeptieren wollte und meinen Entschluss nicht ernst nahm. Er nannte es Liebe, ich nannte es Besitz und Respektlosigkeit. Mein Haus, mein Auto, meine Frau...und mein Gesetz! Ich wusste, er hatte für mich kein zweites Leben in der Tasche, er konnte mich nicht glücklich machen mit seiner Ignoranz. Es war an der Zeit das Glück selbst in die Hand zu nehmen. Ich spürte ganz tief in mir, es gibt sie, die einzigartige Liebe, das bedingungslose Vertrauen und die seelische Verbundenheit, die mein tiefgefrorenes Herz in Flammen setzen würde. - Tatkräftig setze ich meine Pläne um, hielt Ausschau in der Stadt meiner Träume und begab mich auf die Suche nach meinem neuen Domizil. Harmonie und Wärme sollten einziehen, Türen sollten offenstehen und Lachen durch die Räume klingen. Auf meiner Suche begegnete ich vielen Menschen und einem ganz besonderen. Es war Schicksal, denn der Zufall führte mich zu ihm.

Meine Gedanken schweiften zurück. Plötzlich sah ich es wieder, dieses kleine schummrige Lokal mit seinen hölzernen Tischen und bunten Sofakissen. Ich hatte die Nacht vor Augen, die Dunkelheit aus der ich kam und den Kerzenschein, der seine Gestalt in ein warmes Licht tauchte. Andächtig mit geschlossenen Augen saß er da und genoss die Friedlichkeit. Nichts schien ihn zu beunruhigen, er hatte keine Eile. Seine wohlklingende, warme Stimme verlieh jedem seiner ausgewählten Worte eine besondere Art der Sinfonie. Meine Augen tänzelten auf und nieder, vom Scheitel bis zur Sohle, folgten jede seiner graziösen Bewegungen. Ich fühlte mich ihm auf eine mir unbekannte Weise verbunden. – Wer war er, woher kam er? - Ich wusste es nicht! Aber diese Nacht veränderte mein Leben.

In den folgenden Monaten fand ich es heraus. Er war der Mann, der mich nicht nur ansah, mir Komplimente machte und mir sein schönstes Lächeln schenkte, wie all die anderen. Nein…, er war der Mann, der mich entdecken wollte. Der mir ungeniert tief in die Augen blickte, meine Gesten registrierte, erforschte, die sich in seinem Kopf einbrannten und mich wie ein Puzzle zusammenzufügten. Ich konnte seinen argwöhnischen Blicken nicht entkommen. Jedes meiner gesprochenen Worte nahm er mit zu sich nach Haus. Er kehrte mein Innerstes nach außen, knackte den Sicherheitscode meines Herzens und führte mich an der langen Leine der Hoffnung. Wir waren uns so nah und dennoch ungreifbar. Er breitete seine Flügel über mich aus und verlieh mir Kraft und Zuversicht. Alle Widrigkeiten, die mir achtlos vor die Füße geworfen wurden, räumte ich aus dem Weg. Bei dem Gedanken legte sich sein Antlitz auf meine Netzhaut, da war es wieder, das Gefühl. Plötzlich, wie aus dem Nichts saß er neben mir. Ich konnte ihn riechen, seinen natürlichen männlichen Geruch, der einzigartig war und meine Leidenschaft entfachte. Leicht hölzern, kraftvoll wie ein Baum in seiner schönsten Blütezeit. Ich spürte seine vertraute Nähe, Gedanken purzelten und ich plauderte mit ihm. Ihm konnte ich alles erzählen, er unterbrach mich nicht und schenkte mir seine ungeteilte Aufmerksamkeit. Zwischendurch warf ich ihm ein Lächeln zu. Mein Blick schweifte liebestoll über den Beifahrersitz. Souverän lenkte ich meinen Wagen über die Straße der Zukunft.

Der Ort der Vergangenheit lag schon weit hinter mir. Entspannt drehte ich das Radio auf, sanft streichelten meine Hände über das Lenkrad, der Song verführte mich zum Mitsingen und ich lauschte den Stimmen.

„Weißt du wie die Dichter schreiben, hast du je einen gesehen? Dichter schreiben einsam! Und weißt du wie die Maler malen, hast du je einen gesehen? Maler malen einsam! Weißt du wie die Engel fliegen, hast du je einen gesehen? Engel fliegen einsam! Und weißt du wie ich mich jetzt fühle, hast du je daran gedacht, du und ich gemeinsam? Du und ich gemeinsam…!"

Am liebsten hätte ich vor Freude geweint. Geweint…, weil ich einen Engel gefunden hatte mit dem ich fliegen konnte. Fliegen bis über die Wolken, dorthin…, wo die Freiheit noch grenzenlos scheint. Geweint…, weil ich mir unsicher war, ob mein Engel mit mir fliegen kann…, fliegen wollte. –Fly me to the moon! Hatte er je daran gedacht? - Wehmütig öffnete sich mein Herz und bot der Angst und der Sehnsucht einen Stuhl an. Bereitwillig nahmen sie Platz und wollten nicht mehr weichen.

Mit jedem gefahrenen Kilometer realisierte ich mehr und mehr, heute war der Tag der Tage. Die Stunde der Abrechnung, der Atemzug, der meine Ketten sprengte und der Entbehrung den Rücken zuwandte. – Hinter welcher Kurve würde das

Glück auf mich lauern? Ich wusste es nicht, ich wusste nur, ich würde darum kämpfen! –

Ich hatte ihn gefunden, den Ort des Lächelns, oben auf dem Berg, idyllisch gelegen mit Blick aufs Meer. Einen Platz zum Wohlfühlen, wo bunte Blumen wachsen und Palmen in den Himmel ragen. Hielt den Schlüssel meiner erkämpften Freiheit in der Hand und wollte ihn nicht mehr loslassen. Trank meinen Kaffee im Bett, genoss die Ruhe und Harmonie. Lebte den Tag.

Mein altes Leben verblasste wie ein Zeitungsausschnitt aus alten Zeiten. Kunterbunt in schillernden Farben reihten sich neue Gedanken, Ereignisse, Gefühle und Träume, wie glitzernde Perlen am seidenen Faden aneinander. Ein paar Perlen waren grau, wollten einfach nicht glänzen, so sehr ich mich auch bemühte. Liebevoll dachte ich an ihn, an den geheimnisvollen jungen Mann, der den Schlüssel zu meinem Herzen in seinen Händen hielt, mir meine Sinne raubte, mich emotional gefangen nahm ohne es zu wollen. Der mein Herz zum Überlaufen brachte, bei dem ich mich so geborgen und sicher fühlte, wie noch nie. Er brachte mich zum Lachen und zum Weinen, er war der Mann, dem ich alles verzeihen könnte. Dem ich mein Vertrauen schenkte, den ich in seiner Vielfalt erkannte und der mir in Gedanken nicht mehr von der Seite wich. Immer wieder, wenn ich ihn berühren wollte, breitete er seine Flügel aus, flog mit seiner Angst und meinem jungen Glück davon. Schmerzliche Erinnerungen an Worte, die in mir hallten wie ein Echo, stimmten mich traurig. Wochenlanges Schweigen folgte, quälte mich sehr. Ich ließ ihn fliegen in der Hoffnung er würde zu mir heimfinden und hätte seine Angst unterwegs verloren. Seine Gefühle hatten ihn überrannt. Wie eine Horde Wildpferde auf der Flucht vor einem Steppenbrand trampelte er auf seinen Gefühlen herum. Er wusste, dass ich sein Engel war, konnte es aber nicht zulassen. Blessuren aus längst vergangenen Zeiten ermahnten ihn zur Vorsicht, erweckten sein Misstrauen. Er wollte nicht mehr gekränkt werden. Verantwortungsvoll schaltete sich sein Verstand ein, erhob drohend den Zeigefinger und ermahnte sein Herz. Verzweifelt suchte er nach Gründen. Er glaubte, mir nichts geben zu können, nicht gut genug für mich zu sein. Zog es vor seine Sehnsucht und Gefühle zu ignorieren. Lieber rief er nach dem Teufel und ließ ihn aus dem

Höllenfeuer emporsteigen. Er riskierte es, mich zu verletzen, in der Hoffnung meine Liebe würde in den Flammen der Hölle ersticken. Er konnte nicht wähnen, dass meine Sehnsucht und Hingabe zu ihm mächtiger waren, als Satans Fegefeuer. Auch wenn der Schmerz mir das Herz zerriss, die Sehnsucht nicht schwinden wollte, Fragen keine Antworten fanden und Traurigkeit sich wie ein Schleier über mein Gemüt legte. Meine Gefühle wurden nicht kleiner, nicht schmaler, nicht kürzer, ließen sich nicht Zuschneidern wie einen alten Rock, der nicht mehr passte. Hin und wieder verdunkelte sie nur meinen Tag um mir das Licht am Ende des Tunnels zu zeigen. Verständnis wurde zu meinem treuen Wegbegleiter, bückte sich nach jedem Stein, den er nach mir warf, hauchte ihm einen Kuss auf und warf ihn ins Meer. Alle Steine sollten im Meer versinken. Entschuldigungen brachten meine Augen zum Glänzen und versicherten mir, dass er ein aufrichtiger Mensch war. Ich war frei und doch seelisch verbunden. Fest gebunden an dem Pfahl der Hoffnung, dem Glauben, er könnte sich entscheiden, um mit mir zu fliegen.

Tapfer und hilflos verweilte ich an dem Pfahl der Zuversicht und hatte für jeden, der vorbei schaute ein Lächeln. Ich spürte die glühende Sonne, die mir seinen Namen ins Gedächtnis brannte. Genoss den Wind, der mir aus der Ferne immer wieder seinen Namen zurief. Erschauerte wenn der Regen mir ins Gesicht peitschte und mit meinen Tränen seinen Namen schrieb. Er konnte sie nicht sehen, die Tränen, die ich um ihn weinte, die mir in die Schuhe plumpsten, schwer wie Blei und mich am Weglaufen hinderten. Plötzlich, wie aus dem Nichts stand mein Engel wieder da und wollte mit mir spielen, wie mit einem jungen Hund.

Bilder, lauter Illusionen strömten durch meinen Kopf benebelten meine Sinne und bewegten sich wie ein Daumenkino vor meinem geistigen Auge. Da waren die Küsse, die zärtlichen Gesten, Hände die sich reichten. Flashbacks tänzelten, ohne gefragt zu werden auf und ab und durchsiebten meinen Geist. Die Silvesternacht florierte wieder auf, zum Greifen nah, als wäre die Zeit stehen geblieben. Es war das Fest zu dem der Teufel keinen Zutritt hatte, er in seinem Höllenpfuhl schmorte und dem Engel alles Sein überlies.

Galant wie ein Gentleman, mit dem Charme von Frank Sinatra führte er mich zu unserem ersten Tanz.

„Darf ich bitten?", hauchte er mir ins Ohr und reichte mir feierlich seinen Arm. Ich lächelte ihm beglückt zu, als würde er mich auf Händen davontragen, um mit mir ins Paradies zu schweben. Schweigsam wie die letzten Wochen unserer Begegnungen, und mit funkelnden Augen folgte ich ihm bedingungslos. Er nahm meine Hand, zog mich an sich und wir wiegten uns feierlich zum Chanson.

„Kannst du verzeihen?", fragte mein Engel.

„Ja, wer liebt, kann auch verzeihen!", hauchte es aus mir heraus.

„Verzeihst du mir alles, was ich dir letztes Jahr angetan habe?" Mit einem bittenden Blick schaute er mir fest in die Augen und suchte nach meiner Antwort.

„Das habe ich schon längst getan!"

Mit einem glücklichen Lächeln drückte er mich fest an seinen Brustkorb. Unsere Herzen tobten wie zwei kleine Kinder auf einer grünen Wiese. Sie schlugen lustvoll, ausgelassen und harmonisch im Gleichklang. Nichts konnte sie aufhalten. Seine linke Hand ergriff meine, die um seinen Hals geschlungen war und sanft auf seiner Schulter ruhte. Unsere Hände falteten sich wie zu einem Gebet.

„Du warst immer so lieb zu mir, und ich so gemein!", er drehte mich im Kreis und zog mich immer wieder an sich. Sein Griff war fest, als wollte er mich nie mehr loslassen.

Das hatte ich nicht erwartet, alles aber nicht das. Bis vor ein paar Stunden war es ruhig um uns geworden…, kein Wort…, seit Wochen kein Wort, kein Gruß, nur Blicke, die sich immer wieder kreuzten und ihren Weg fanden. Ich wollte meine Gedanken der letzten Wochen nicht aufkeimen lassen, mir nicht die Fragen stellen, was war vor einem Monat geschehen? Kriechend kamen sie, die Kopien vergangener Tage. Er stand vor mir, lässig an dem Pfosten gelehnt mit einem Drink in der Hand.

„Warum schaust du mir seit zwei Wochen nicht mehr intensiv in die Augen?", dabei versuchte er immer wieder meinen Blick zu ködern. Ich schaute auf, zog meine Augenbrauen hoch und schmunzelte ihn an. Mein Schweigefinger streichelte über meine Lippen, als würde ich das Geheimnis nicht ausplaudern wollen.

„Damit ich nicht ganz den Boden unter den Füßen verliere!" Nun war es raus. Schnell wendete ich meinen Blick beschämt nach unten. Ganz ruhig und gelassen sprach er weiter, er wusste, ich würde den Wert jeder gesprochenen Silbe in seinen Augen auf Wahrheit prüfen. - Gleich würde sie mich schon wieder ansehen, dessen war er sich sicher. -

Er schaute mich liebevoll und herausfordernd an, versuchte meine Neugier, zu wecken und flüsterte mir zu: „Wenn deine Tochter nicht wäre, hätten wir schon längst eine intime Beziehung!"

Seine Augen spiegelten die Wahrheit, mit einem Lächeln warf er mir die lange Leine der Hoffnung zu. Ein Spiel mit dem Feuer. Verdutzt schaute ich ihm tief in die Augen. Fragend und glücklich. Er hatte mal wieder erreicht, was er erreichen wollte, meine Neugier und Leidenschaft war geweckt.

„Wir müssen eine Entscheidung treffen!"

„Was für eine Entscheidung?" Meine Blicke wanderten über sein Gesicht, ich versuchte seine Gedanken, zu lesen, worauf wollte er hinaus? Über seinen Augenbrauen formten sich zwei kleine Denkers - Beulen. Sie pulsierten angestrengt und er krauste die Stirn. Heimlich nannte ich sie meine kleinen Teufelshörner. Wenn sie auftauchten, hatte es nichts Gutes zu bedeuten. Ein flaues Gefühl wühlte in meinem Bauch und durchzuckte meinen Körper. Ich spürte schon den Schauer, der mir gleich den Rücken runter rieseln würde. Er kraulte mich frühzeitig am Nacken, als würde er mich warnen wollen. Und da kamen sie, seine vernichtenden Worte.

„Es wäre besser, wenn wir uns nicht mehr sehen, wir tun uns beiden nicht gut!" Halbherzig klang dieser Satz, als käme er aus einem anderen Mund. Als wäre es ein mütterlicher Rat. Einen Rat, der nicht aus seinem Herzen kam. Einen Rat, den er alleine nicht befolgen konnte.

Da standen wir nun, konnten unser lieb gewonnenes Lokal nicht teilen. Am liebsten wäre es ihm gewesen, wenn ich mich zurückziehen würde, denn er rechnete mit seiner Schwäche der

Versuchung. Ich schlug ihm vor, das Wochenende zu halbieren.

„Nein, das will ich nicht!", dabei schüttelte er energisch mit seinem Kopf und nippte an seinem Glas.

„Du darfst auch Samstag kommen, du singst doch so gerne!", bot ich ihm an.

Wieder schüttelte er energisch seinen Kopf, nahm einen erneuten Schluck, als würde er etwas herunter schlingen wollen. War es die Befürchtung, ich würde mich daranhalten?

„Ich habe kein Problem damit, dann such ich mir ein anderes Lokal, mir macht das nichts aus!", dabei gestikulierte seine Hand wie wild vor seinem Gesicht, als würde er den Gedanken direkt wieder vertreiben wollen.

- Warum wollte er sich nicht auf den Kompromiss einlassen? Wollte er sich nicht auf Samstag festlegen? Wollte er das Bedürfnis mich nur anschauen zu können doch stillen? - Unsicherheit zwickte ihn ins Knie, er wollte nicht auf einem Bein stehen. Aus dem Hintergrund vernahm ich die Stimme meiner Tochter.

„Ihr streitet euch wie ein altes Ehepaar!", sie drehte sich um und ließ ihren Billardqueue über den Tisch gleiten.

„Dann wird die Ehe gut!", rief er zu ihr rüber.

Wieder schaute ich verdutzt. Irgendwie war mir das alles zu hoch. Wir nahmen noch einen Drink, plötzlich schmeckte mein Bier fahl, wie abgestanden. Kein Schaum, keine Krone, nur ein paar Wassertropfen, die an dem leicht zerbrechlichen Glas hinunterflossen. Zerbrechlich wie diese Stunde. Wir unterhielten uns sanftmütig, bis sich unsere Wege trennten.

Er suchte sich kein anderes Lokal. Manchmal grüßte er und manchmal nicht. - Warum sprachen wir die nächsten Wochen kein Wort? Große Gefühle, große Angst? Ich wusste es nicht! - Jeder fand seinen Platz. Ich spürte seine warmen Blicke im Rücken, immer wieder kreuzte sich unser Weg und Augenspiele. Es war ein langes Schweigen bis zu diesem Tanz. Aber heute konnten mir die alten verstaubten Gedanken nichts anhaben. Ich schloss die Augen und ließ mich fallen, denn ich war in sicheren Händen. Heute wollte ich die Glücksmomente festhalten und an den Pfahl der Hoffnung binden.

Genießerisch lagen wir uns in den Armen, drehten uns im Kreis, sein Kinn an meinem Kopf gepresst in völliger Harmonie. Mein Engel stieg wie Phönix aus der Asche empor, gestand mir liebevoll, wie Wohl er sich in meiner Gegenwart fühlte und schmiegte sich an mich. Bedankte sich, dass ich ihm trotz der Verletzungen, die Gelegenheit bot, mich wirklich kennenzulernen und versprühte seinen Charme. Unsere Körper schmolzen zusammen, sehnsüchtige Blicke wechselten den Besitzer, wollten verstanden werden. Rhythmisch im Einklang wiegten wir uns, ließen unserem Wohlgefühl freien Lauf. Ich sah den Glanz in seinen Augen, vernahm das kleinste Zucken seiner Lider, seine Gesichtszüge von Gefühlen der Wärme und Vertrautheit gezeichnet, sein Arm, der mich umschlang, seine Hand die meine hielt, sein Herz fest an meines gedrückt. Unsere Blicke, die sprachen: „Ich lass dich nicht mehr los, will ohne dich nicht sein!"

„Wenn ich mir nicht so viele Sorgen machen würde, wären wir schon längst ein Paar!", entglitt es ihm.

„Deine Worte machen mich glücklich!", wisperte ich ihm zu und wusste, dies war die Wahrheit, die er so gerne versteckte, von der er an manchen Tagen nichts wissen wollte.

Die Nacht war jung, die Begeisterung erreichte ihren Höhepunkt. Es folgten viele Tänze, begehrende Blicke und liebevolle Worte. Funken sprühten wie Wunderkerzen und zeigten uns das Licht am Ende des Tunnels..., der Leidenschaft.

- War hier der Weg der Serpentinen zu Ende? War das die Kurve, hinter der unser Glück lag? Lag der Schmerz, der mein Herz öffnete hinter mir, mussten wir ihn gehen, um zu spüren, dass wir noch lebten und wieder lieben konnten? Hatte das Schicksal es gewollt mich aus dem Verlies der Lieblosigkeit zu entführen, um in dem Palast der Liebe gefangen gehalten zu werden? Hatte das Schicksal es gewollt, ihn aus der Einsamkeit zu ziehen und sein Herz mit Liebe zu fluten? Ja, es sollte so sein, denn es gab kein Entrinnen! -

Wenn Engel miteinander tanzen und ihre Herzen im gleichen Rhythmus schlagen, brauchen sie den Teufel nicht zu fürchten! Und wer mit dem Teufel tanzt, sollte einen Engel an seiner Seite haben!

Ich hatte ihn gefunden!

Ein erfahrener Mönch ward gefragt: „Viel beschäftigt bist du, doch allzeit gesammelt. Was ist dein Geheimnis?" Dieser antwortete: „Wenn ich stehe, dann stehe ich. Wenn ich gehe, dann gehe ich. Wenn ich sitze, dann sitze ich. Wenn ich esse, dann esse ich. Wenn ich spreche, dann spreche ich." Da fielen ihm die Fragesteller ins Wort und sagten: „Das Gleiche tun auch wir. Wie kommt es, dass du glücklich bist in all dem, wir aber nicht? Er antwortete: „Vielleicht ist dies der Grund: Wenn ihr steht, dann geht ihr schon. Wenn ihr geht, dann läuft ihr schon. Wenn ihr läuft, dann seid ihr schon am Ziel."

Nach einer Zen- Überlieferung

Spuren einer Leidenschaft

Es kam nicht häufig vor, dass Carsten ihn um einen Gefallen bat. Nick traute seinen Ohren nicht. Carsten zögerte, nippte an seinem Rotweinglas und schaute ihm fest in die Augen. „Nick, hast du morgen Nachmittag Zeit? Ich bitte dich ungern, aber… du würdest mir einen großen Gefallen tun…"

„Na, du machst es aber spannend, soll ich eine Leiche aus deinem Keller räumen?" Nickis rechter Ellenbogen versetzte Carsten einen brüderlichen Stoß zwischen die Rippen „Los! Spuck aus, wofür hat man Freunde?"

„Morgen habe ich ein Blind-Date, ich trau mich nicht, kenne Julia nur aus dem Chat." Nervös fingerte er eine Zigarette aus seinem Etui, zündelte sein Feuerzeug, inhalierte einen kräftigen Zug und qualmte dabei, wie eine alte Dampflok. „Morgen, sechzehn Uhr, Picknick im Stadtwald unter der alten Eiche."

Sorry, wenn ich mir ein Grinsen nicht verkneifen kann, wie kommst du als konservativer Netzwerkadministrator zu einem Blind-Date?"

„Ach, lange Geschichte, Julia hat mich elementar in ihren Bann gezogen. Seit vier Monaten chatten wir täglich ein paar Stunden. Sie ist Flugbegleiterin, halt viel auf Reisen."

„Schon gut, und welche Rolle soll ich dabei spielen? Agent 007, Supermann oder dir nur das Händchen halten?" Fragend schaute Nick ihn an und steckte sich dabei genüsslich eine Olive in den Mund.

„Quatsch, eher Undercover, als Naturfotograf, oder so…, sei einfach da, wenn ich dich brauche."

„Schon kapiert, du gibst mir ein Zeichen! Wenn du nach dem Anstoßen, wie die Russen das Glas mit einem lauten Nazdarovje über die Schulter wirfst, dann komm` ich und rette dich."

Unwillkürlich musste Carsten laut lachen. Erneut füllte er die Gläser mit dem Reserva, seufzte und schüttelte dabei den Kopf.

„Nee, ich glaube, ich bring das nicht. Willst du nicht für mich gehen…?"

„Mensch Carsten, jetzt hab` dich nicht so, sie wird dich schon nicht mit Haut und Haaren fressen!"

„Ach, komm schon! Bitte! Du kannst doch so gut mit Frauen. Sie muss es ja nicht wissen!"

Nick zog seine rechte Augenbraue nach oben und holte tief Luft. „Und dann…, wie geht's weiter? Ich als Carsten und du als Nick? Ist sie wenigstens jung und hübsch?"

„Mitte dreißig, wie wir. Hübsch, weiß nicht..., aber nett. Mach schon, schlag ein!"

„O.K! Aber nur, wenn du mich rettest, sollte die junge Lady gar keine nette junge Lady sein!"

Eine zentnerschwere Last fiel von Carstens Schultern, er nickte zustimmend. Genüsslich leerten sie ihre Gläser und trafen die letzten Absprachen für den morgigen Tag.

Carsten fühlte sich wie ein Spanner. Strich durch die Büsche um ja nicht entdeckt zu werden. Laub raschelte unter seinen Füßen, Zweige verdeckten sein Gesicht während er den ahnungslosen Naturfotografen mimte. Da sah er Nick und Julia unter der alten Eiche auf einer Decke sitzen. Ihre blonden Locken leuchteten in der Sonne und der Wind spielte sanft mit ihrem Haar. Obwohl er vor Scham am liebsten im Erdboden versunken wäre, schlich er wie eine herrenlose Katze auf leisen Pfoten dichter an sie heran. Ihr farbenprächtiges Blümchenkleid schmückte die grüne Wiese und unterstrich den Frühlingsanfang. Sie sieht zauberhaft aus, schoss es ihm durch den Kopf. Ihr süßes Lächeln traf ihn, wie ein Nadelstich mitten ins Herz. Seine Knie fingen an zu schlottern, gerne hätte er sich fortgeschlichen, jedoch wollten ihm seine Beine nicht gehorchen. Angewurzelt wie ein Baum stand er da und versuchte zu lauschen. „Nein, du auch…, ein Kichern folgte, Carsten, du bist süß…!" Julias zarte Stimme wurde vom Wind zu ihm getragen. Was kann ich tun, schoss es ihm durch den Kopf! Er hatte Nick noch nie so glücklich gesehen. Diese fast unbekümmerte kindliche Haltung, der Picknickkorb, der sich niemals mehr zu schließen schien, die Wärme der Sonnenstrahlen spiegelte sich nicht nur in ihren Gesichtern, sondern vielmehr auch in ihren Herzen. Schmerzhaft wurde ihm klar, dass Nick seine Hilfe nicht benötigen würde und es Zeit wäre für ihn zu gehen. Gespannt harrte Carsten zwischen den Büschen, vermochte den Blick nicht von ihnen zu wenden und lauschte weiter. Da saßen sie nun, tranken seinen kostbaren Rotwein in der Abendsonne, alberten und lachten wie zwei Glückskinder und schienen von Minute zur Minute vertrauter zu werden. Kein Nazdarovje, kein zersplittertes Glas. Voller Wut trat er gegen den Baum. Warum hatte er bloß gekniffen? Verdammte Feigheit, hämmerte es in seinem Schädel, es war sein Picknickkorb, sein Reserva und sein Mädel. Zu gerne hätte er jetzt mit ihr gelacht, sie mit Weintrauben und Käse gefüttert. Sie zum Abschied geküsst. Schlagartig wie eine Ohrfeige aus dem Nichts erkannte er fühlbar den Verlust seiner Traumfrau. Nick wird sie zum Abschied küssen, dachte Carsten tief im Inneren.

Plötzlich hatte er die zündende Idee, wie er Nick von Julia weglocken könnte. Er griff in seine Jackentasche, puhlte sein Handy hervor und tippte mit flinken Fingern eine SMS an Nick in sein Mobiltelefon. Geheuer war es ihm nicht, eine nie zuvor gespürte Beklemmung stieg in ihm auf, er spürte wie ihm ein Kloß den Hals zuschnürte. Viele kleine Buchstaben reihten sich aneinander und ergaben den Text eines eifersüchtigen, verzweifelten Freundes. Carsten schaute nochmals auf das Display und überflog die Zeilen…komm schnell, dein Auto wurde aufgebrochen, Polizei informiert, warte am Wagen. Wie in Trance starrte er auf das Befehlsfeld – senden – und überlegte krampfhaft, was er im Anschluss tun könnte. Ihr die Wahrheit sagen, seine Feigheit beichten. Nein, das brachte er nicht übers Herz. Er spielte mit dem Gedanken Julia anzurufen, Wortfetzen wie: „Sorry bin aufgehalten worden, fahre jetzt los…, wie, ich bin schon da? Ich melde mich aus dem Büro …, wer ist der Fremde? Pfui!" Er schämte sich für seine Gedanken. Seinen besten Freund in die Pfanne hauen, nein, das geht gar nicht. Entschlossen blickte er der Situation ins Auge und verwarf seine skurrilen Gedanken. Carsten beschloss, sich auf anderen Wegen in Julias Herz zu schleichen. Schnell löschte er die SMS, beherzt verließ er seine Deckung und eilte nach Hause.

Leise vor sich hin murmelnd betrat Carsten sein kleines Reich, die Rotweingläser standen immer noch auf dem Tisch, es roch nach kaltem Rauch und eine einsame Olive haftete auf der herrenlosen Tafel. Unweigerlich holten ihn die Erinnerungen des gestrigen Tages ein. Mechanisch und gedankenverloren beseitigte er die Spuren des Vorabends und setze sich an seinen PC. Er öffnete seine Posteingänge und wunderte sich…, Julia Kaufmann. Voller Erwartung öffnete er ihre Mail, doch der Inhalt war trostlos. Keine einzige Zeile, kein Wort und auch keinen Anhang. Hm… entglitt ihm ein Seufzer. Die Mail ist von heute, fünfzehn Uhr. Was wollte sie ihm so kurz vor dem Treffen noch mitteilen? Die Türklingel riss ihn aus seinen Gedanken, lustlos aber von Neugier geplagt öffnete er die Haustür. Es war Nick. Völlig aufgedreht und frohgelaunt marschierte er direkt zum Sofa und ließ sich mit einem Lächeln in die Kissen fallen.

„Mensch Carsten, ich kann es kaum glauben, die Lady ist richtig nett, und nicht nur nett. Ein echter Feger, Sahneschnitte, hast dir heute eine echt heiße Braut durch die Lappen gehen lassen!"

„Hm…ja?" Stochere nicht in meinen Wunden, hab` euch gesehen, hast dich verliebt?"

„Tja, also wenn du mich so fragst, ich würde sie nehmen!"

„Ach!" und wie seid ihr verblieben?"

„Wir treffen uns Freitag, in der Alten Schmiede, sie wollte mich, besser gesagt dich zum Essen einladen, als Revanche sozusagen."

Schweigsam wandte Carsten sich zum Fenster, mit geballten Fäusten in der Hosentasche warf er ein paar hämische Grimassen in die abendliche uferlose Dunkelheit. In Gedanken schmiedete er einen Plan.

„Hey, Erde an Carsten, bist du noch da?

„Sorry, war gerade in einer Fiktion."

„Was sagst du zu Julia? Was ist nun mit Freitag?"

„Weiß nicht! Du, sei mir nicht böse, ich bin total müde. Die letzte Nacht hängt mir noch in den

Knochen. Ich überleg mir was, lass uns morgen reden."

Nick räumte froh gelaunt das Feld und freute sich heimlich auf Freitag. Pfeifend und schier unendlich glücklich über die schönen Stunden und Amors Pfeil betrat er beschwingt sein Liebesnest.

Carsten fühlte sich gerädert, die halbe Nacht hatte er sich im Bett gewälzt, über seine Feigherzigkeit geärgert und sich geschworen, ab heute für sein Glück zu kämpfen. Julia hatte ihn in seinen Träumen besucht, wie ein Engel stand sie vor ihm und er hatte sie heiß und innig geküsst. Der schrille Wecker riss ihn aus ihren Armen und trieb ihn ins Büro. Ausgerechnet heute hatte jeder Rechner in dem großen Unternehmen ein Wehwehchen. In der Mittagspause las er gewöhnlich seine Mails. Auf dem Monitor erschien: Sie haben Post. Sofort klebten seine Augen auf - Julia Kaufmann. Hastig öffnete er sie und starrte voller Neugier auf den Monitor. Kaum hatte er die ersten Zeilen gelesen, rollte er mit einem schallenden Gelächter, mit seinem Chefsessel quer durchs Büro. Er konnte nicht glauben, was er da las: Lieber Carsten, ich muss Dir gestehen, dass ich zu schüchtern war, mich mit

Dir zu treffen. Deshalb habe ich meine Zwillingsschwester Kati geschickt. Wenn Du mir verzeihen kannst, treffen wir uns heute Abend, zwanzig Uhr in der Alten Schmiede. Ich bin schon etwas länger in Dich verliebt, habe meine Eifersucht erst bemerkt als Kati von Dir schwärmte. Gruß Julia.

Carsten war völlig benommen vor Freude, hat doch was, sein eigener Herr zu sein, dachte er, zog die Bürotür hinter sich zu und verschwand im einsamen Lift. Er hauchte gegen den Spiegel und fingerte ein Herz, auf seinem im Atem gehauchten Bildnis.

Daheim angekommen sprang er eilig unter die Dusche, frisch rasiert schlüpfte Carsten in seine schwarze Jeans, wählte ein sonnengelbes sportliches Hemd und verzichtete auf den Binder. Zufrieden schaute er in den Spiegel, vor ihm stand ein Mann, der seine Zukunft in die Hand nahm. Mit einem Lächeln zum Abschied verließ er sein Spiegelbild und eilte entschlossen mit festen Schritten aus dem Haus.

Vor der alten Schmiede, sah er Julia an der Pforte stehen. Oder war es Kati? Sie holte tief Luft und wollte soeben die Tür öffnen. Blitzschnell schob er sich an ihr vorbei. Bübisch öffnete er die Tür und

gab ihr mit einem galanten Wink den Weg frei.
„Kennen wir uns nicht?", sie heißen Kati, nicht
wahr?", fragte er souverän.

„Nein, ich heiße Julia, Kati ist meine Schwester,
kennen sie sie?", fragte Julia und musterte ihn bis
zur Schuhsohle.

„Nur vom Sehen, Freitag ist sie hier mit meinem
besten Freund verabredet."

„Ach, mit Carsten?", ihre aquamarinblauen Augen
funkelten wie zwei Sterne in der Nacht. Welch ein
Zufall!"

„Ja, darf ich sie zum Tisch begleiten?"

„Lieb gemeint, stammelte Julia, aber ich hoffe
ihren Freund, gleich hier zu treffen!"

Carsten griff zärtlich nach ihrer Hand, „ich bin
Carsten, ich gestehe, hab` mich auch nicht
getraut. Kati hat sich mit meinem Freund Nick
getroffen. Ich glaub, er ist in deine Schwester
verliebt, wie ich in dich", sanft zog er sie in seine
Arme und küsste sie auf die Stirn.

Man weiß nie, was daraus wird,

wenn die Dinge verändert werden.

Aber weiß man denn,

was daraus wird,

wenn sie nicht verändert werden?

Elias Canetti

Spiel mit mir, wenn du dich traust

Ida bewegte sich rhythmisch nach der Musik. Dem röhrenden Sound von Joe Cocker, konnte sie nicht widerstehen. Ihre Hüften kreisten geschmeidig wie eine schwarze Katze über die Tanzfläche. Sten beobachtete sie schon länger aus den Augenwinkeln. Und nicht nur er. Ida war elegant gekleidet, eine Frau den Männern mit ihrer Schönheit Angst macht. Ihr braungebranntes, schlankes Bein lugte aus dem endlos scheinenden Schlitz im Kleid hervor.

Sten fragte sich, was sie wohl drunter trägt, viel konnte es nicht sein. Vielleicht ein Hauch aus Seide, kalt, glänzend und anschmiegsam. Für ihn stand an diesem Abend fest, er wollte sie nicht mehr aus den Augen verlieren. Ida hatte ihre Lider geschlossen, saugte den Song – You break my heard - völlig in sich auf und genoss die Atmosphäre der Party. Sten beobachtete jede ihrer Bewegung. Er war ledig, sie hübsch und die Silvesterparty in vollem Gang. Nichts konnte ihn heute Nacht daran hindern. Diese Schuhe, klassische schwarze High – Hills, die jedes

Frauenbein verlängern. „Eine Augenweide", dachte Sten. „Dieses Kleid, es musste aus Frankreich kommen", es hatte einfach nur Sex-Appeal.

Mit eleganten Schritten bewegte sich Ida zur Bar, setze sich auf einen rot gepolsterten Barhocker und schlug die Beine stilvoll übereinander. Ihr enganliegendes Kleid zeichnete ihre Kurven punktgenau. Ihre makellosen Schultern lagen frei und wurden lediglich mit einer langen lockigen Haarsträhne betont. Beim übereinander schlagen ihrer Beine, verrutsche der Schlitz und hätte fast ihr Höschen verraten. Sie bestellte sich ein Pernod-Cola und zündete sich genüsslich eine Zigarette an. „Noch ein paar Stunden, dann ist Neujahr, wo ist eigentlich Bess?", dachte sie. Außer Bess kannte sie keinen der Gäste, noch nicht einmal den Gastgeber. Bess hatte sie so lange überredet, bis sie ihr den Gefallen tat sie zu begleiten. So richtig wohl fühlte sie sich unter den reichen Schnöseln nicht. Meistens hatte sie das Gefühl, die können sich gar nicht unterhalten. Aber was hatte sie erwartet, hier in Marbella unter der Sonne Spaniens, in dieser prunkvollen Villa?

„Sicherlich angelt sich Bess gerade einen Millionär", sie lächelte bei diesem Gedanken.

„Darf ich sie zu einem Drink einladen?", ertönte es in ihrem Ohr. Mit einer Kopfbewegung zeigte sie auf ihr Glas und sagte: „Da kommen sie leider zu spät, der Service ist hier fließend!"

„Darf ich mich vorstellen, mein Name ist Paul Gruber, Bauingenieur, Paul Gruber!", dabei schnalzte er mit der Zunge, sodass Ida befürchtete, er würde sein Gebiss verlieren.

„Schön, dann hätten wir den Beruf ja auch schon geklärt."

Ida hasste es, auf so plumpe Weise angesprochen zu werden. Sie griff ihr Glas, schenkte ihm ein unfreiwilliges, winziges Lächeln und kehrte dem hölzernen Unbekannten, die kalte Schulter. Unter den vielen vornehmen Gästen, die meisten kamen ihr wie tollpatschige Pinguine vor, konnte sie ihre Freundin Bess nicht entdecken. Graziös wie eine Diva schritt Ida durch den Saal. Stens blaue Augen folgten ihr. Er bemerkte, wie Ida eine Flasche Champagner im Vorbeigehen von einem herrenlosen Tisch entführte und durch den Schlund der Tür hinaus in die dunkle Nacht verschwand. Den ganzen Abend hatte er wie ein Tiger seine Beute beobachtet und wartete darauf, aus dem Hinterhalt angreifen zu können. Er wusste, bei dieser Frau hatte er nur einen Versuch und dieser musste sitzen, wie der String zwischen ihren Po Backen, den sie vermutlich trug. Sten war ein Abenteurer mit Lust auf mehr, ein wenig romantisch veranlagt, humorvoll, ein Mann der gerne mit dem Feuer spielte und sich nach der großen Liebe sehnte.

Kaum hatte sich die Tür hinter Ida geschlossen folgte Sten ihrer Fährte wie eine räudige Spürnase. Vorbei, an ein paar Pärchen, die schmusend der Musik lauschten.

„Na, Sten wieder auf der Pirsch?", hörte er seinen Freund rufen.

„Ich! Nie im Leben, muss nur mal ein wenig frische Luft schnappen. Amüsiere dich gut!", sagte er und verschwand in die Nacht. Der schmale Weg führte durch ein Meer von dezenten Lichtern, einer Gartenanlage die eher einem Park glich, indem sich ein ausgedehnter Pool befand. Er wusste, dass der Pool in der Neujahrsnacht gute 32 Grad Wassertemperatur haben würde, immerhin war er der Architekt dieser gigantischen Villa und kannte jedes Detail. Die Geräuschkulisse der Partygäste entfernte sich mehr und mehr, Sten setzte sich in der von Palmen umgebenen

Hollywood-Schaukel und beobachtete Ida aus den Augenwinkeln. Auch hier hatte der Hausherr für seine Gäste gesorgt. Überall standen edle hölzerne stumme Diener mit Getränken und kleinen Snacks im Fackellicht. Weiße kuschelige Handtücher lagen griffbereit parat und luden zum Baden ein.

Ida schlenderte zu einer Liege am Beckenrand, streifte sich ihre Stöckelschuhe ab und genoss sichtlich die Kulisse. Nach dem sie einen Schluck aus der Champagnerflasche nahm, tippelte sie auf nackten Füßen über die breit geschwungenen Beckenstufen ins Wasser. Mit den Händen raffte sie ihr Kleid Stufe um Stufe höher, bis der Saum ihren winzigen, aus schwarzer Spitze gefertigten Slip frei gab. Sten genoss jeder ihrer Bewegungen. In den Stufen waren kleine runde Lampen eingebettet, ihre makellosen Beine und auch ein Hauch von ihrem Po backen wurden von den Lichtkegeln angestrahlt. Sten konnte sich gar nicht sattsehen. Er überlegte, wie er es anstellen wollte, sie zu verführen. Schon beim Zusehen wurde ihm so heiß, dass er seine Krawatte lockern musste und sich das Jackett auszog.

Plötzlich peitschte das Wasser auf, teilte sich und verschlang Ida. Nur einen Augenblick hatte er weggesehen, als er sich ein Glas Wein einschenkte. Sie muss ausgerutscht sein, er konnte sie nicht mehr sehen. Hastig schlüpfte er aus seinen schwarzen, eleganten Slippers, eilte auf Socken zum Pool und hechtete mit einem Sprung ins Becken.

Platsch…, Sten tauchte und hielt unter Wasser Ausschau nach ihr.

Er konnte sie nicht sofort sehen, der Pool war groß, es war Nacht und nur am Beckenrand brannten ein paar kleine Lichtstrahler.

Ida hörte den Knall ins Wasser und erschrak. „Mist!", fluchte sie leise vor sich hin und überlegte, ob sie sich verstecken sollte. „Immerhin war sie hier nur Gast. Andererseits wirkten auch die Handtücher einladend, also wird es wohl nicht verboten sein", dachte sie. „Dennoch, man müsste sie für verrückt halten, sie mit dem Kleid im Pool zu erwischen", schoss es ihr durch den Kopf. Das wollte sie auf gar keinen Fall, da mimte sie lieber eine Wasserleiche. Ida holte schnell noch einmal tief Luft, dann ließ sie ihren Kopf und ihre Gliedmaßen leblos im Wasser baumeln.

Verzweifelt tauchte Sten durch den gigantischen Pool, zwischendurch schnappte er immer wieder nach Luft und ließ seine Augen über die Oberfläche gleiten. Es waren schon ein paar Minuten vergangen, da sah er sie. „Hoffentlich lebt sie noch!", dachte er. Hastig griff er ihren Kopf, hielt ihn über Wasser, wie er es einst, beim DLRG gelernt hatte und schleppte sie rücklings zu den breiten Beckenstufen.

Ida bewegte sich nicht, war gar nicht so leicht, eine Ertrinkende zu spielen, innerlich triumphierte sie und war gespannt auf ihren großen Retter.

Völlig außer Atem trug Sten Ida die Stufen aus dem Wasser und legte sie am Beckenrand ab. Er überprüfte ihre Atmung. „Hilferufe wären vergeblich, sie würden die Partygäste nicht erreichen", dachte er. Sanft legte er ihren Nacken zurück, hielt ihr die Nase zu und legte seinen Mund auf ihre Lippen.

Sein Atem schoss wie ein Pfeil in ihre Lungen, sie hatte Mühe sich ein Husten zu verkneifen. Ida wollte ihn noch ein wenig zappeln lassen, es sollte glaubwürdig wirken, dafür ließ sie sich von ihm auch gerne wie einen Ballon aufblasen.

Sten legte seine Hände übereinander und drückte sie immer wieder auf ihr Herz." Eins, zwei, drei

…fünfzehn" abermals legte er seine Lippen auf ihren Mund und schenkte ihr seinen Atem.

Ida musste Husten, öffnete die Augenlider und schaute ihren Retter verstört an. Sein ebenmäßiges Gesicht zeichnete freundliche Züge, es gefiel ihr. Blaue freche Augen feixten sie an. Sie konnte es gar nicht fassen, diese sinnlichen Lippen haben ihren Mund berührt. Am liebsten wäre sie in einem Schneewittchen schlaf gefallen, nur um von ihm noch einmal geküsst zu werden.

„Hoppla, irgendwo habe ich sie schon mal gesehen, waren sie auch auf der Party?", fragte Sten sie verschmitzt.

„Ich, äh, ja… stotterte sie, ich glaub, ich habe sie auch schon mal irgendwo gesehen."

„Geht`s wieder? Ich heiße übrigens Sten und sie?"

„Ich heiße Ida, tut mir leid, dass ihr Anzug… nass geworden ist!" und dabei rümpfte sie die Nase.

„Ihr schönes Kleid ist aber auch nicht mehr ganz trocken! Vielleicht sollten wir uns erst mal abtrocknen, oder wollen sie noch eine Runde schwimmen gehen? Zur Party können wir in dem Aufzug wohl nicht mehr", sagte er mit einem Augenzwinkern."

„Da haben sie recht, aber sollten wir uns nicht duzen, wo sie schon mein Leben gerettet haben?", schäkerte Ida.

„Gern! Komm ich helfe" dir, da drüben ist eine Hollywood-Schaukel, ein paar Handtücher und was zu trinken. Oder hast du nach so viel warmer Poolbrause keinen Durst mehr?"

„Doch, könnte jetzt einen kräftigen Schluck gebrauchen, um den Chlorgeschmack runter zu spülen", feixte sie.

Die Luft war kälter als das Wasser. Bibbern marschierten sie zur Schaukel. Ida überlegte nicht lange, sie griff sich ein Handtuch und bat Sten den Reißverschluss ihres Kleides zu öffnen. Gerne kam er ihrer Aufforderung nach und war gespannt, ob sie jetzt einfach so die Hüllen fallen lassen würde. Langsam glitt ihr trägerloses Kleid über ihre Hüften und fiel zu Boden. Sten griff ein Handtuch und rubbelte sanft ihren Rücken trocken. „Ich wusste es doch, triumphierte er leise vor sich hin." Ihr nackter Po backen waren wohlgeformt, am liebsten hätte er sofort zugegriffen.

„Hm", seufzte Sten. Ein schöner Rücken kann auch entzücken, ein schöner Po ebenso."

Ida drehte sich zu ihm um, sodass er auch noch ihren Busen sehen konnte, griff nach dem

Handtuch und hüllte sich ein. Langsam öffnete sie ihm das Hemd, streifte es gemeinsam mit dem Jackett über seine athletischen Arme und ließ es zu Boden fallen.

„Du wirst dich noch erkälten!", sagte sie.

Sie fingerte an seinem Gürtel, dann öffnete sie ihm bedächtig den Reißverschluss und streifte ihm die Hose mit einer gezielten Handbewegung über seinen knackigen Hintern. Sten stand wie versteinert vor ihr. Gedanken peitschten durch seinen Kopf. Ida rubbelte ihm mit dem Handtuch durchs Haar, tupfte seine Brust trocken, rubbelte seinen Rücken, seinen Po und schließlich seine Lenden.

„Magst du lieber Wein oder Champagner?", fragte er verlegen, denn er musste schnell etwas tun, damit Ida nicht merkte, wie ihm das Blut zu Kopf… stieg. Er griff nach dem Handtuch und wickelte es sich verlegen um die Hüfte.

„Champagner, schließlich habe ich was zu feiern, nachdem du mir das Leben gerettet hast."

„Mit dem allergrößten Vergnügen, so viel Schönheit konnte ich doch nicht einfach davon schwimmen lassen."

„Prost! Auf meinen Retter. Wie kann ich das wieder gut machen?", fragte Ida.

„Prost!", erwiderte Sten.

Die Gläser klirrten in der Stillen dunklen Nacht. Sten überlegte, wie er am eindrucksvollsten vorgehen sollte. Er wusste ganz genau, was er wollte. Er wollte sie spüren, noch heute. Das konnte er ihr natürlich nicht so direkt sagen, deshalb, beschloss er es auf den humorvollen Weg zu probieren.

„Indem du mir den heutigen Abend schenkst und mir zeigst, dass du auch schwimmen kannst", hauchte er ihr ins Ohr.

„Im Pool, oh ja…!", davon hatte er schon länger geträumt. Der Abend bot sich geradezu an, sternenklarer Himmel, schummrige Beleuchtung, Champagner und dazu dieses reizende Wesen.

„Da sag ich nicht nein! Im Wasser ist es sowieso wärmer als draußen und schwimmen kann ich auch!", erwiderte Ida.

Platsch, mit einem Sprung war Ida im Wasser und rief: „Spiel mit mir, wenn du dich traust!"

Sten schmiss sein Handtuch beiseite, und sprang mit einem gekonnten Köpper vom Beckenrand. Wie der Blitz kraulte er hinter Ida her und holte sie schließlich ein. Mit einem leidenschaftlichen Ruck zog er sie in seine Arme und küsste sie ganz frech auf den Mund. Nun lag es an ihr, seinen Annäherungen zu folgen.

Ida schlang ihre zarten Arme um seinen Hals, erwiderte seinen Kuss, löste sich rasch wieder aus seiner Umarmung, kraulte ihm davon und rief ihm zu: „Krieg mich doch!"

Wider schwamm er ihr nach, holte sie ein und küsste sie erneut.

Ida erwiderte seine Küsse immer heftiger. Er tauchte hinab und küsste ihren Bauchnabel. Beide wussten, das Spiel hatte begonnen. Nun tauchte Ida und ließ ihre Hände über seinen Rücken gleiten. Immer tiefer bis sie seinen Hintern berührte. Liebevoll biss sie spielerisch zu. Dann schoss Ida an die Oberfläche, um Luft zu holen. Sten griff nach ihren Po, streichelte ihn sanft, tauchte ab und knabberte ein wenig an ihm herum. Luftblasen suchten sich ihren Weg an die Oberfläche. Dampf lag über der Wasseroberfläche. Sten zog Ida sanft zu den Stufen der halbförmigen Treppe, die Lichter strahlten ihren Körper an. Sten ließ sich rücklings auf die Treppe gleiten und schloss die Augen. Ida beugte sich über ihn, küsste ihn sanft auf seine Lippen, hinab zum Hals und wieder hinauf zum Ohr. Dabei umklammerte sie seinen Po backen, küsste ihn auf die Ohrmuschel und flüsterte: „Stell dich Tod, damit ich dir auch das Leben retten kann."

Wieder glitt ihre Zunge seinen Körper hinab. Sten bewegte sich nicht, nein… er wollte von ihr zum Leben erweckt werden. Aber ganz langsam.

Sten spürte die Wollust in sich aufsteigen. Seine Manneskraft wuchs in den Himmel und sein Blut pochte. Idas Hände gleitenden über seinen Körper hinab in sein Zentrum der Begierde. Plötzlich spürte er ihre Zunge auf seiner Eichel, umspielt vom warmen Wasser. Dann ein Saugen. Sten wollte sich nicht so schnell zum Leben erwecken lassen, er wollte genießen, mit jeder Faser seines Körpers. Ein Zucken durchlief seinen Leib von der Lende bis zur Kopfhaut. Er spürte wie die Wärme durch seinen Körper floss, dann wurde es… heiß. Seine Schläfen fingen an zu pochen, seine Atmung wurde schneller und schneller und er spürte, wie sich seine Muskeln zusammenzogen. Ein tiefer Seufzer glitt über seine Lippen. Er wollte sich festkrallen, doch seine Hände fanden auf den Stufen keinen Halt. Seufzend rekelte er sich im Nass.

Ida wollte ihm eine kleine Verschnaufpause gönnen und ließ ihre Zunge spielerisch über seinen Schaft, hinunter zu den Oberschenkelinnenseiten wandern. Sten, der schon einmal kurz vor dem Höhepunkt stand, musste nach ihr greifen, ihre Brüste, er wollte sie fühlen. Er richtete seinen Oberkörper auf und zog Ida auf seinen Schoß. Er spürte ihren warmen Po backen auf seinen Schenkeln und wollte endlich in sie eindringen. Ida ließ es noch nicht zu, wie eine Schlange rekelte sie ihren Körper im Wasser. Legte seine Hände auf ihre Brüste und umspielte in der Hocke seine Eichel, mit ihren schon leicht von Wollust gestärkten Schamlippen. Ida ließ seine Eichel in ihrer heißen Grotte tunken und spannte ihren Schließmuskel um seinen Penis. Die Spannung steigerte die Lust so sehr, dass er Ida immer fester umklammerte und sie auf ihn stoßen wollte. Aber Ida wusste sich geschickt zu wenden um seine Lust ins Unerträgliche zu steigern. Ihre Hände vergruben sich in seinem Rücken, ihre Zähne bissen ihn sanft in den Hals und sie genoss seine Gier, die immer größer zu werden schien. Sten war zum Leben erwacht, seine Zunge spielte mit ihren Brustwarzen, seine Hände umklammerten mit einem eisernen Griff ihren Po backen und drückten ihr Gesäß in die Tiefe, bis sein Schwert in der Scheide verschwand.

Ida stöhnte laut, ihre Hände umklammerten seine Arme und ihre Zunge schoss voller Leidenschaft in seinen Hals. Ida bewegte sich auf und ab, mal schnell mit kräftigen Stößen, mal sanft, mal kreisend. Zwischen dem heftigen Knallen und peitschenden Tönen des Wassers, hörte sie sein Stöhnen und lauschte seiner Stimme, die wie durch eine dicke Nebelwand in ihr Ohr drang.

„Oh, das ist schön... jaaaaa... huchhhh. Komm!" Sagte Sten und zog sie an der Hand zum Beckenrand. Dabei küsste er ihre Nacken.

„Was hast du vor?", hauchte Ida ihm zu.

„Entspann dich, es wird dir gefallen, vertrau mir!", hauchte Sten zurück.

„Du hast mein Leben gerettet, wie könnte ich dir da nicht vertrauen?", seufzte Ida.

„Lass dich einfach fallen!", mit diesen Worten packte er sie an ihren Schultern und legte sie bäuchlings über den Beckenrand, sodass ihr das Wasser nur noch bis zu den Beinen ging.

Mit seinen Lippen liebkoste er Ida vom Nacken, hinab über den Rücken und fummelte mit seiner rechten Hand zwischen ihrem feuchten Schritt. Er glitt tiefer und tiefer bis er an ihrem Wollust Zentrum gelangt war.

Durch ihre Schamlippen bahnte sich seine Zunge den Weg zum Kitzler. Schon nach dem ersten Saugen, stöhnte Ida laut auf. Sie spürte die aufsteigende Hitze in ihrem Körper. Mühselig unterdrückte sie einen Schrei, der ihr am liebsten über die Lippen gekommen wäre. Sten brachte sie zum Glühen und sie wollte ihn endlich wieder spüren. Sanft zog sie ihn mit den Armen nach oben und streckte ihm ihr einladendes Hinterteil entgegen.

Sten ließ sich nicht lange bitten, zielsicher verschwand sein bestes Stück zwischen ihren geschwollenen Schamlippen, hinein ins Vergnügen. Sten bewegte sich erst langsam, rein, raus… dann immer kräftiger und schneller. Ida stöhnen war nicht zu überhören, je lauter sie stöhnte, umso schneller keuchte er.

Da spürte Sten wieder dieses Aufsteigen, das Pochen in den Schläfen, die Ohnmacht, die immer näher zu kommen schien. Nebelschwaden schienen durch sein Bewusstsein zu ziehen. Er hörte nur noch, wie Ida schrie.

„Ich komme!", es folgte ein Schrei, ein aufbäumen.

Stens Bewegungen wurden so hastig, er stieß noch zweimal zu, da wusste er, jetzt darf er ihn zulassen, den kleinen Tod.

Ein lang gezogenes „Jaaaa, Ohhh", und dann schoss der Samen aus ihm heraus, genau in dem Augenblick, als das Sylvester Feuerwerk mit funkelnden Raketen am Himmel eröffnet wurde. Erschöpft legte er seinen Kopf auf ihren Rücken und streichelte mit seinen Händen ihren Po und flüsterte ihr ins Ohr:

„Frohes neues Jahr!"

Wir brauchen nicht so fortzuleben, wie wir gestern gelebt haben.

Macht euch nur von dieser Anschauung los, und tausend

Möglichkeiten laden uns zu neuem Leben ein.

Christian Morgenstern

Eine Mozartkugel für die Leiche

„*F*rau Wiebe, warten Sie, gleich kommt der Profiler, wie heißt er noch...Szory, genau Mark Szory!"

„Stimmt! Schitt, den hätt ich fast vergessen, der Neunmalkluge will unseren Fall lösen. Danke Ron, bin gespannt, was der Held uns zu sagen hat!"

Schon klopfte es an die Tür. Forsch betrat er ihr Büro, zu gutaussehend für einen Psychologie-Professor. Irgendwie wirkte er wie ein einsamer Wolf.

„Guten Tag, mein Name ist Mark Szory, als Fallanalytiker bin ich für die Soko Mozart geordert worden!"

„Oberkommissarin Joanne Wiebe, ich habe Sie schon erwartet. Bitte nehmen Sie Platz! Hoffe Sie haben kein Problem, mit einer Frau zusammen zu arbeiten? Ich will offen sein, ich habe Sie nicht angefordert! Wollen Sie nen Kaffee?"

„Ja, gerne, schwarz! Das BKA Düsseldorf meint, dass Sie nach dem fünften, ungeklärten Mord in Würselen dringend Unterstützung bräuchten, bevor er noch mehr Frauen tötet!"

„Schön, schön, dann Profilen Sie mal, was haben Sie denn für uns? Kennen ja die Akten!"

„Der Täter ist zwischen 45 und 50 Jahre alt, weiß, mittelgroß, regelmäßiger Kirchengänger, wahrscheinlich streng katholisch und stammt hier aus dem Ort. Ein vertrauenserweckender Typ. Geprägt durch ein charmantes Auftreten, er ist kultiviert, unauffällig, sehr intelligent und lebt in einer festen Beziehung. Er liebt das Schöne, ist hilfsbereit, musikalisch und füttert vermutlich regelmäßig seine Katzen!"

„Ach, ganz neue Töne, woraus schließen Sie das? Er hat fünf Frauen getötet. Charmantes Kerlchen!"

„Frau Wiebe, das ist mein Job! Betrachten wir die Fakten. Alle Frauen sind freiwillig mitgegangen. Einen Likör…, ein wenig Atropa Belladonna und ihr Realitätsverlust setzte ein. Er hat sie mit einem Paradekissen erstickt, saubere Tat mit weißen Spitzen, kein einziger Blutfleck. Sie geschminkt, ihnen die Nägel lackiert, auf Rosen gebettet, die Hände gefaltet, zurechtgemacht wie ein Engel!"

„Herr Szory, ich kenn` die Fakten, welche Verbindung sehen sie zu den Mozartkugeln? Welcher Täter hinterlässt Pralinen?"

„Vielleicht finden wir Hinweise in den Sinfonien von Mozart? Die Praline steht für den süßen Tod. Er will sie befreien. Welche Verbindungen hatten die Frauen zueinander?"

„Sie waren um die 40…, alleinerziehende Mütter. Bei der Autopsie fand man bei allem Hyoscyamin im Blut. Das Gift der gelben Tollkirsche, es war in dem Kräuterlikör, wir haben es überprüft, er ist nicht im Handel erhältlich. Die Dosis war nicht tödlich, sie waren nur berauscht. Sie wurden erst gegen Mitternacht auf dem Altar erstickt!"

„Fassen wir zusammen, Atropa Belladonna steht für schöne Frau, die wissenschaftliche Benennung der Tollkirsche erfolgte nach der griechischen Göttin Atropos, die den Lebensfaden durchschneidet. Gibt es unter den Verdächtigen einen Griechen?"

„Nein, wir haben den Pfarrer, den Küster, die Haushälterin und den Hausmeister…, überprüft, außer dem Pfarrer haben alle ein Alibi!"

„Gibt`s was Neues über die Fundorte?"

„Negativ, fünf Gotteshäuser, keine Spuren, die letzte Leiche haben wir in der St. Lucia Weiden Kirche gefunden, den Pfarrer kenne ich. Dem traue ich die Tat nicht zu, trotzdem zählt er als Hauptverdächtiger. Er hatte zu allen Tatzeiten freien Zugang zu den Kirchen. Die Opfer wurden morgens gefunden, aufgebettet." Verdammt noch mal!", erhob sich ihre Stimme und ihre Faust knallte auf den Tisch.

„Ich arbeite seit fünf Monate an dem Fall und habe nichts, nichts, außer fünf zartbitter Leichen und einen Verrückten, der vermutlich in zwei Tagen wieder zuschlagen wird und ich weiß nicht wo!"

„Frau Wiebe, beruhigen Sie sich! Also, der Täter will seine Opfer auf eine sanfte Tour ins Paradies schicken. Sein Motiv ist Erbarmen. Denkbar, dass seine Mutter alleinerziehend war, Vater verstorben, oder hat sie verlassen, hatten kein Geld, Schmach im Dorf, darauf sollten wir das Augenmerk richten. Er tötet jeweils am ersten eines Monats, warum? Was haben wir noch?"

„Nichts, keine Fingerabdrücke, keine DNA, keine Abwehrspuren. Ein Sexualdelikt können wir ausschließen, irgendein Detail müssen wir übersehen haben! Wir sollten noch einmal die Tagebücher der Opfer durchgehen? Ron, das ist dein Part! Maik, du kümmerst dich um die Sinfonien! Vielleicht bringt uns das weiter! Sven, du gehst alle Verdächtigen durch, hat einer in Griechenland gelebt, ist einer musikalisch versiert, Einzelkind, Vater verstorben, egal was, such die Nadel im Heuhaufen, verschaff mir deren Beichten!"

„Beichte! Frau Wiebe, das ist es, kommen Sie, wir fahren zum letzten Tatort, ich glaube ich weiß, wie der Täter an seine Informationen gekommen ist!"

Mit quietschenden Reifen verließen sie den Hof, rasten zur Kirche und stoppten vor dem Portal. Zielsicher steuerten sie den Beichtstuhl an. Profiler Szory, inspizierte den Stuhl des Pfarrers, Kommissarin Wiebe, den der Sünder.

„Szory, ich habe es, unter der Kniebank, ein Sender und da, eine Camara. Lass uns dem Kabel folgen? Es wird uns zum Täter führen!"

„Erst mal nur zur Orgel! Frau Wiebe, hinter der Königin der Instrumente muss ein Raum sein, das Klopfen, hören Sie`s? Hohl!"

„Hier lassen sich ein paar Bretter…, warten Sie, ich schlüpf durch! Bingo Szory, hier wurden die Frauen…, da steht der Likör, überall Fotos der Opfer. Ich werde ihm hier auflauern, das ist meine Chance! Wenn er pünktlich Morden will, nageln wir ihn heute Nacht auf frischer Tat fest. Sie observieren den Eingang, kein Zugriff bevor ich es sage.

Die Zeit verging, es war kalt, still und dunkel, nichts schien sich zu rühren. Plötzlich hörte Joanna Wiebe dumpfe Schritte, tippelnde Stöckelschuhe und ein schrilles Frauengelächter. Sie lauerte in einer Ecke, die Waffe im Anschlag und wagte kaum zu atmen. Es knarrte, Scharniere quietschten. Galant schob er sein Opfer vor sich her. Blitzschnell bohrte Joanna ihm ihre Pistole ins Kreuz und forderte ihn auf die Hände auf den Rücken zu legen. Das Klicken der Handschellen löste ihre Anspannung.

„Herr Organon, ich verhafte Sie hiermit wegen fünffachen Mordes, ich lese ihnen jetzt ihre Rechte vor und das ist keine Sinfonie von Mozart, Sie haben die längste Zeit Orgel gespielt!

Eine Leiche killt man nicht

La Cala de Mijas wirkte im Februar etwas verschlafen. Morgens hörte man in einigen Straßencafés Geschirr klappern und das Knattern von Motorrollern. Wenn der Wind peitschte und das spanische Stimmengewirr verstummte, konnte man die Leibhaftigkeit der Brandung hören. Der perfekte Platz, um eine Leiche im Meer verschwinden zu lassen! Seit ein paar Wochen betrat ich regelmäßig in den frühen Morgenstunden das kleine Lokal mit dem Namen „Venta", welches direkt gegenüber der Bibliothek lag und stets gut besucht war. Ich bestellte mir einen Café con leche und wartete auf neun Uhr. Setze mich auf die Terrasse, beobachtete den Alltagstrubel mit Adleraugen und scharf gespitztem Verstand. Heute schien mir die Sonne ins Gesicht. Entspannt lehnte ich mich zurück, rührte in meinem Café und zündelte mir eine Zigarette an. Das typische Dorfgeschwätz interessierte mich peripher, meine Gedanken kreisten um den Mord und der Tatwaffe. - Ich durfte nichts übersehen, musste alle Eventualitäten auslotsen, wenn mein Plan vom Erfolg gekrönt werden sollte. –

Ich legte das Kleingeld auf den Tisch und warf Roberto zum Abschied einen Luft Kuss zu. Schlendernd überquerte ich mit mörderischen Gedanken die Straße. Das *Centro de Cultura* lag unmittelbar gegenüber der *Venta* und verfügte über eine gut sortierte Auswahl an Büchern. Hier konnte ich mich in aller Ruhe mit dem Mord auseinandersetzen. Der Bibliothekar im Eingang hinter der Theke schaute kurz zu mir auf und begrüßte mich mit einem freundlichem *„Buenos dias"*, welches ich erwiderte. Mein Lieblingsplatz war hinten links, von dort konnte ich mich ins Netz wählen, ohne das mir jemand über die Schulter schaute und seelenruhig nach möglichen Mordvarianten stöbern. Leise, fast auf Zehenspitzen steuerte ich durch die Regale und griff mir ein paar Bücher. Einige Besucher schauten mich fragend an. Für sie war ich eine Fremde, ich spürte die Blicke, die mich verfolgten und hörte das Tuscheln. Andere lächelten mir zu und beäugten, wie ich meinen Laptop bediente, Papiere, Bücher und Stifte auf meinen Tisch verteilte. Dass es sich hier um die Lösung eines Mordes handelte, ahnte sicherlich niemand.

Schweigsam sammelte ich Unmengen an Notizen. Giftmord schien mir anhand meiner Vermerke abwegig, Blutrache zu profan! Stunden waren vergangen und ich hatte noch immer zu wenig Anhaltspunkte. Die Zeit galoppierte davon und mir blieben für die Schlüssels - Lösung nur noch ein paar Tage.

Nervös rutschte ich auf meinem Stuhl hin und her, als wollte mich eine Armee von Ameisen davontragen. Der Bleistift knirschte zwischen meinen Zähnen, während ich den Tathergang analysierte. Eifersucht, Habgier und ein herbeigeführtes Trauma, unentschuldbarer, psychopathischer Konsequenzen standen auf meinem Wisch. Es war nicht mein erster Mord, dennoch stocherte ich mit der Nadel im Heuhaufen. - Ein Sexualverbrechen, versehentliches Fremdverschulden, oder gar Giftmord durch Atropa Belladonna, das Gift der schwarzen Tollkirsche schloss ich aus! Erneut ging ich das Täterprofil durch. Es musste ein starker Mann sein, oder er hatte Helfer! Fundort und Tatort stimmten nicht überein! Bei genauerer Betrachtung der gefertigten Skizzen gab es sogar zwei Fundorte. Die Mordwaffe war mir ein Rätsel. — Sollte der Täter etwa ein Psychopath sein, oder doch eher ein beauftragter Killer? - Ungereimtheiten ketteten sich aneinander. „Natürlich hätte auch die Mafia mit drin stecken können…! Nichts Ungewöhnliches, wenn die Füße erst mal in Beton steckten und die Lungen voller Wasser sind, zumal sie den Passeo in Fuengirola bis zum letzten Sandkorne seit Jahren unter Kontrolle haben!"

Mein Block füllte sich mit Randnotizen. „Er musste ein Psycho sein!", murmelte ich vor mir hin. Ein verdammt Habgieriger, ohne Skrupel und Moral. Desto tiefer ich mich in die Details der Tat kniete, umso Mysteriöser schien mir alles, obwohl sich die Fakten stündlich verdichteten. Sie ließen mir einfach immer weniger Spielraum. Ein Fischerboot von Möwen gefolgt hatte die Leiche mit seinem Anker in die Bucht geschleppt. Es war keine gewöhnliche Wasserleiche. Seine Füße steckten im Beton. Sein Brustkorb wurde anscheinend schon mal fachmännisch geöffnet und wie bei einer Autopsie wieder verschlossen. Der Tote lag zu lange im Wasser, als das man noch irgendwelche äußeren Spuren oder Fingerabdrücke hätte entnehmen können. Sie war nackt, männlich, mittleren Alters. Das Gesicht war aufgedunsen und die Haut schrumpelig mit bläulicher Färbung. Kein schöner Anblick. Das ölverschmierte Haar, welches von Tang und Algen behaftet war, ließ ein Grau durchschimmern, etwa nackenlang. Treibspuren führten zur postmortalen Veränderung der Leiche. Auf den Fotos erkannte ihn niemand im Dorf und es existierte auch keine Vermisstenanzeige!

Comissario Ronaldi Rodriges ließ die Leiche für forensische Untersuchungen nach Málaga zur Obduktion überführen. Der Beton sollte Schicht für Schicht entfernt, die Herkunft ermitteln und die Schuhgröße bestimmt werden. Nun lag es in der Verantwortung von Daniel Fernandes Dias, die Todesursache und den exakten Zeitpunkt festzulegen. Fingerabdrücke und DNS zeigten keinen Treffer im Zentralregister, anscheinen hatte Mr. No Name eine blütenreine Weste! Die Haarprobe war ebenfalls negative, keine Drogen im Spiel! Dennoch ging man ihm an die Wäsche und wollte sogar noch mehr…, als nur seinen Tod. Als das Telefon schrillte, schreckte Comissario Ronaldi hoch und griff hastig nach dem Hörer.

„Hola Fernandes…, hast Du was Interessantes für mich?"

„Si…, si Señor! Es ist sehr außergewöhnlich und ich weiß nicht, wie es passieren konnte!"

„Wie was passieren konnte? Venga…, venga, spannen sie mich nicht auf die Folter!"

„Comissario, es ist mir unerklärlich, aber der Mann war schon Tod, bevor er die Betonschuhe verpasst bekommen hat!"

„Also Postmortal…, nur um seine Leiche loszuwerden?"

„Si…, Si Señor Rodriges! Aber das Erstaunliche war, als wir den Beton entfernten, trug er einen Zettel am Zeh. Vielleicht werden Sie es mir nicht glauben Señor Rodriges, aber er lag vor vier Wochen schon mal auf dem Tisch der Gerichtsmedizin in Marbella. Die Todesursache war noch nicht geklärt, als man die Leiche gestohlen hat…, man wollte es nicht an die große Glocke hängen!"

„Wie…, die lassen sich eine Leiche stehlen und stellen keine Nachforschungen an. Was ist mit der Identität?"

„Blutgruppe A Rhesusfaktor positiv, geschätztes Alter ca. 46, keine Tätowierungen, Narben oder Knochenbrüche. Identität unbekannt! Todesursache wahrscheinlich durch Fremdeinwirkung. Katalogisiert Nr.: 10968. Mehr gab der Zettel nicht her!"

„Als wenn ich nicht schon genug Leichen hätte. Haben sie die Papiere aus Marbella angefordert?"

„Comissario, nachdem sie die Leiche vermisst hatten, haben sie in der Gerichtsmedizin alle Papiere verschwinden lassen…, so zu sagen postmortal!"

„Na Klasse; Spuren verwischt und jetzt habe ich Mr. No - Name am Hals. Was hat ihre Obduktion ergeben, oder ist ihnen jetzt auch die Leiche abhandengekommen Señor Fernandes?"

No…, no comessaria, todo bien! Den genauen Todeszeitpunkt kann ich leider nicht mehr bestimmen, ich vermute unmittelbar bevor er in Marbella auf den Tisch kam! Hätten wir Leichenflecken und Maden, könnten wir die Todeszeit eingrenzen. Es gibt ein paar äußere Verletzungen, aber…, die stammen vom Anker des Fischerbootes und den Treibspuren. Ertrinken können wir definitiv ausschließen, er hatte zwar Beton an den Füßen…, aber kein Wasser in der Lunge! Ein Wunder, dass er überhaupt noch Lungen hatte, dem sind fachmännisch Organe entnommen worden. Der hatte noch nicht mal mehr ein Herz. Ein paar Untersuchungen laufen noch!"

„Komplizierter geht's wohl nicht auf meine alten Tage. Senden Sie mir alle Protokolle via Mail…, muy rapido porfavour, denn wenn es sich hier um professionellen Organhandel dreht, müssen wir denen so schnell wie möglich das Handwerk legen, bevor hier noch ein paar Betonklötze angespült werden! Ich werde für diesen Fall eine Soku einrichten und Unterstützung aus Fuengirola anfordern. Hasta luego Señor Fernandes!"

Ronaldi starrte den Hörer an, verzweifelt fuhr er sich mit den Fingern durch das Haar, schüttelte den Kopf und holte tief Luft. Seine Stirn krauste sich - „Wieso nicht alle Organe?" - Darauf gab es nur eine Antwort, es war anders geplant, irgendetwas musste passiert sein, wahrscheinlich musste es plötzlich schnell gehen. Das Klopfen an der Tür riss ihn aus seinen Gedanken.

„Si"

„Hola Señor Rodriges…, schön sie persönlich anzutreffen, der Fall in La Cala mit der unbekannten Wasserleiche erhebt ja ganz schön aufsehen!"

„Si Señora Beatrice, ich weiß gar nicht, wo mir der Kopf steht. Eine angeschleppte Wasserleiche mit Betonfüßen haben wir in unserem Dorf nun mal nicht alle Tage!"

„Haben Sie schon eine Spur?"

„Mr. No - Name starb, wurde aufgeschnitten, verschwand und ist betoniert, mit fehlenden Organen wieder aufgetaucht. Solche Leichen braucht kein Mensch! Wir sind ein ganz friedliches Dorf! Meine Pension steht vor der Tür und wenn es Leichen gibt, handelt es sich meistens um Drogen und sie werden nur einmal gekillt und das von den Handlangern Luigis. Ich, versuche ihn seit Jahren Dingfest zu machen, nur leider fehlten mir bis heute die Beweise!"

„Señor Ronaldi, verstehe ich Sie richtig, er ist zweimal? Wie soll ich das verstehen?"

„Si Señora, da die Autopsie und der Diebstahl der Leiche versucht wurden zu vertuschen, gehe ich davon aus, dass Mr. No - Name zum Zeitpunkt der Öffnung noch gar kein endgültiger Exitus war! Vielleicht Scheintod oder Herzversagen…, aber nicht wirklich tot!"

Mein Bleistift kreiste über das Papier, Trauben eines Clusters bildeten sich. Mr. weiße Weste hatte also Dreck am Stecken. Kein Wasser in der Lunge, zweimal gekillt und nicht vermisst. Feines Kerlchen! – Er musste Dreck am Stecken haben, ansonsten ergab es keinen Sinn! – Nochmals ging ich alle meine Unterlagen durch, recherchierte nach ähnlichen Fällen und fand schließlich das erste Motiv. Es roch vielmehr nach Verschleierung und Habgier. Ich beschloss, mich unauffällig weiter im Ort und in der Gerichtsmedizin Marbellas umzuhören.

Plötzlich klopfte es an der Tür. Schwungvoll ohne auf eine Aufforderung zu warten trat Señor Fernandez ein. Das Gespräch verstummte. Seine Augen strahlten, als hätte er einen Schatz entdeckt und seine Wangen glühten vor Freude. Comissario..., Comissario stammelte er völlig außer Puste, als wäre er gerade einen Marathon gelaufen.

„Comissario..., wir haben einen entscheidenden Hinweis, die Nachricht wollte ich Ihnen persönlich übermitteln. Im Bauchraum des Toten haben wir Spuren von reinem Kokain und Plastikfasern gefunden.!"

„Wird ja immer schöner! Bis gerade dachte ich noch an Organhandel und jetzt doch Drogen! Plastikfasern..., Kurier also!"

„Da können wir von ausgehen Señor Rodriges! Die Plastikfaser weisen darauf hin, dass er mehrere Päckchen geschluckt haben muss. Wir fanden winzige Reste von einem Nylonfaden in seiner Mundhöhle. Der Schlund war geweitet und zeigte anhand von Rötungen und feinste Rillen in der Epidermis die typischen Merkmale. Den Spuren nach hätte er daran ersticken müssen!"

„Also Tod durch Ersticken?"

„Nein, irgendjemand hielt ihn nur für Tod! Wahrscheinlich der Drogendealer, dann landete er auf dem Tisch der Gerichtsmedizin. Das Ganze muss sehr schnell gegangen sein!"

„Irgendwie müssen die Gerichtsmediziner da ganz tief mit drinstecken!"

Luigi, schoss es mir durch den Kopf. Drogen und Organhandel in einem. Seit langem bin ich hinter dem gewieften Kopf der Mafia hinterher. - Bisher konnte ich dir nie etwas nachweisen, aber diesmal kriege ich dich und wenn es das Letzte ist was ich tue! –

„Señor Rodriges, ich könnte doch Undercover in der Gerichtsmedizin einspringen und denen auf den Zahn fühlen!"

„Viel zu gefährlich Señora Beatrice, wenn gleich ich ihr Engagement in dem Fall respektiere!"

„Comissario, sie haben keine andere Wahl, uns läuft die Zeit davon. Mich kennen sie in der Gerichtsmedizin nicht und sie hängen sich an Luigi!"

„Hm, mir bleibt wohl keine andere Wahl! „Sie haben recht! Wir werden sie verkabeln, aber unternehmen sie nichts auf eigener Faust! Meine Leute werden in der Nähe sein und eingreifen, wenn es erforderlich ist!"

Die Stunden vergingen, als Praktikantin hatte ich die Aufgabe die Leichen aus dem Kühlhaus zu holen, zu waschen und Instrumente zu reinigen. Die Ärzte waren nett und geduldig. Mit Argwohn betrachtete ich sie und versuchte den Mörder von Mr. No – Name, der mich an Dr. Schiwago erinnerte, auswendig zu machen. Obwohl es sich hierbei nicht um zwei Liebschaften handelte wie 1965 im Bürgerkrieg der russischen Revolution, sondern um zwei Verbrechen der besonderen Art, die an Skrupellosigkeit grenzten und heimtückischer nicht sein konnten. In Gedanken an Dr. Schiwago und der Stille dieser Abteilung hörte ich plötzlich Stimmen im Nebentrakt. Ich schlich den Gang hinunter, es war düster und etwas unheimlich. Aber wenn ich alles verstehen wollte, musste ich den Stimmen folgen. Vor der großen Tür, dessen Raum ich nicht kannte, blieb ich stehen und lauschte.

„Luigi, wir haben die Päckchen nicht, Du kannst uns glauben, wir würden Dich doch nie Betrügen.

Beim Runterschlucken ist er an seiner eigenen Angst erstickt, aber er war gar nicht Tod. Als Du bei uns angerufen hast, haben wir ihn direkt aufgeschnitten, um das das Heroin sauber zu entfernen. Es musste doch schnell gehen, als Deine Leute ihn brachten!"

„Wollt ihr mich verarschen, den großen Luigi? Wir hatten eine ganz klare Abmachung. Ich bekomme meinen Stoff und ihr die Organe".

„Klar, aber Du kannst uns glauben, war doch nicht der erste Deal. Aber er war nicht Tod, er zuckte plötzlich, das Skalpell rutschte ab und hat ein paar Beutel geöffnet. Wir haben auch Verluste gemacht, wir konnten nicht alle Organe entfernen. Erst als wir das Herz entfernten trat sein Tod ein. Deshalb mussten wir die Leiche so schnell wie möglich verschwinden lassen!"

„Und wo sind die 50.000 Euro, die ich dem Typ gegeben habe?

„Er hatte nichts dabei, als Deine Jungs ihn in der Nacht brachten, die müssen sie sich eingesteckt haben!"

Mir lief es bei dem Gedanken eiskalt den Rücken hinab. Ich hörte Schritte und versteckte mich hinter einem Pfeiler. Als sie näherkamen, erkannte ich Comissario Rodriges. Dicht hinter ihm seine Kollegen. Sie nickten sich stumm zu, rissen die Tür auf und stürmten den Raum.

„Hände hoch! Im Namen des Gesetzes..., sie sind verhaftet ...!"

Die Spannung hatte ein Ende, das Motiv lag auf der Hand und die Täter waren gefasst! Meine Notizen verloren an Gewicht und der Bleistift knirschte zwischen meinen Zähnen!

Der Krimi fand seinen Punkt.

*F*ühle mit allem Leid der Welt,

aber richte deine Kräfte nicht dorthin,

wo du machtlos bist,

sondern zum Nächsten,

dem du helfen kannst,

den du lieben und erfreuen kannst.

Hermann Hesse

Papa Pepe

Plötzlich erschien die Wohnung muffig und leer. Widerholt hatte er die Frage gestellt: „Warum kommst du mich nicht mal besuchen?" Heute hatte ich den Mut und rief ihn an.

Ich hörte wie die Wohnungstür hinter mir ins Schloss fiel, stieg in mein Auto und fuhr los. Nicht die Wohnung war muffig und leer, es war der Tag. Der Schmerz, der mein Herz folterte und meinen Verstand quälte. Nichts konnte mich davon abhalten in die Höhle des Löwen zu gehen! Ich wusste, dass mich der morgige Tag früh wecken würde. -Aber was ist ein Tag, was sind ein paar Stunden? Was bedeutet Zukunft? Sie ist ein Versprechen! Nicht mehr und nicht weniger! Sie verspricht mir morgen unausgeschlafen zu sein. - „Na und! Wie war das nochmal? Vorwärts gelebt, rückwärts verstanden!", brummelte es aus mir heraus. -Auf die Gegenwart kommt es an! Was sind vierzig Kilometer, wenn ich die Stunde der Wahrheit finden kann? Wenn mir das Glück entgegenkommt! - Fragen, Antworten und Unsicherheiten schossen mir durch den Kopf, lagen mir wie ein unverträgliches Essen im Magen. Wollten beantwortet werden. Schneller als ich denken konnte, parkte ich mein Auto in einer kleinen Seitengasse im pulsierenden Stadtkern.

Sein charmantes Lächeln zog mich unweigerlich in seinen Bann. Noch nie hatte ich ihn in Jeans gesehen. Kannte ich ihn nur in Anzug oder Leinenhosen. Seine Turnschuhe trugen ihn, leicht wie der Wind das Laub durch die alten Gassen. Sein animalischer Gang gefiel mir. Lautlos setze er zügig einen Fuß vor den Anderen, wie eine Raubkatze auf Beutezug. Seine Hände gruben sich tief in die Manteltaschen, sein Schal fächelte mit dem Wind.

Hinter den unzähligen kleinen Fenstern brannten Lichter, Silhouetten bewegten sich hinter den Gardinen. Familien trafen sich in gemütlicher Runde zum Abendmahl. Ich spürte das Temperament der Großstadt, vernahm den Duft gerösteter Maronen und belieb äugelte, seinen schwarzen Chapeau. Er sah aus wie ein französischer Bildhauer oder Maler.

Ich fröstelte, verschränkte die Arme vor meiner Brust, zog die Schultern hoch und hatte Mühe ihn auf meinen hohen Pumps zu folgen. Ich dachte, wir würden auf seiner Studentenhütte ein Glas Rotwein trinken. Ich würde ein wenig in seinen Büchern stöbern, auf Goethe und Schiller stoßen und klassische Kompositionen würden unsere Gespräche begleiten. Nun bedauerte ich, dass ich nicht meine drei Meilen Stiefel trug und mein Mantel daheim im warmen Wandschrank hing. Schlotternd dibbelte ich hinter ihm her. Das flotte klappern meiner Absätze hörte sich an, als wäre ich auf der Flucht. Ich war froh, als er stoppte und mit ausgestrecktem Arm auf eine oben liegende Dachgeschosswohnung zeigte.

„Da oben, unterm Dach joche ist Picasso geboren! Und da!", wieder schnellte sein Arm, nach vorn. „Da ist das Museum! Du weißt doch sicher, dass Picasso ein spanischer Maler war?"

„Ja! Aber ich wusste nicht, dass dies sein Geburtshaus ist!"

Sein Hunger trieb ihn zielstrebig voran. Er kannte sich in der Altstadt gut aus, dabei wohnte er erst ein paar Monate in dieser kulturellen Stadt. Auf mich wirkten die alten Gassen mit ihrem Kopfsteinpflaster und den weiß getünchten Wänden fast alle gleich. Die Geschäfte waren feierlich geschmückt. Der Straßenschmuck mit seinen strotzenden bunten Lichtern und

Weihnachtlichen Ornamenten tauchte die Metropole in eine zauberhafte Stimmung. Die Atmosphäre der Stadt und seine Anmut gingen nicht spurlos an mir vorüber. Plötzlich fühlte ich mich selbst wie verzaubert. Wie ein kleines Schulmädchen tippelte ich neben ihm her. Hätte am liebsten meine Hand in seine gelegt und wäre ihm bis ans Ende der Welt gefolgt.

Wir erhaschten den Letzen freien Stehtisch bei Papa Pepe. Setzen uns auf die Barhocker, bestellten Bier und eine Kleinigkeit zu Essen. Teller klapperten, Rauch zog durch den Raum und der Kellner flitzte hin und her. Jung und Alt drängten sich dicht aneinander. Lachten, tranken Bier, Wein und aßen Tappas.

Lässig saß der Mann mit den zwei Gesicherten und den zwei Herzen auf dem Barhocker. Seine Augenfarbe wechselte zwischen grau und blau, seine Blicke zwischen nimm mich, aber komm mir nicht zu nah! Seine dominante Ausstrahlung machte mich etwas nervös.

„Warum hast Du diesen Brief geschrieben?"

Ich schaute zu ihm auf und nippte an meinem Bier.

„Weil du immer behauptest, ich kenne dich nicht wirklich! Und, ist meine Wahrheit auch deine Wahrheit?"

„Ja, es stimmt alles!"

Genussvoll steckte er sich hin und wieder ein Stück Tintenfisch in den Mund und musterten jede meiner Bewegungen. Seine Blicke wurden durchdringender, sein Lächeln verschmitzter, sein Augenspiel begann. Am liebsten hätte ich nur ganz still neben ihm gesessen und ihn erzählen lassen. Ich fingerte nach einer Zigarette und versuchte mir meine Gefühle nicht anmerken zu lassen.

Ich spürte, wie er mich Blick um Blick in seine Gewalt brachte. Wie er mir meine Heimlichkeiten entlockte, ohne eine Leiche aus seinem Keller zu bergen. Als er mich mit seinem Charme umgarnte, ahnte ich noch nichts. In seinen Händen schmolz mein Herz wie Wachs im lodernden Feuer seiner Augen. Verlor mein Leben an Wichtigkeit. Zeit und Raum verlor an Gewicht. Es gab nur diesen Augenblick.

Wir sprachen wieder über den Brief. Den Brief den ich eigentlich nie absenden wollte. Der mit dem roten Siegel und meinen ungezügelten Gedanken. Der in dem ich ihm sein Profil mitteilte.

Der Brief, der zwischen den Zeilen von Liebe sprach. Er fand ihn sehr schön. Ich hatte das Gefühl, dass er sein Leben verändert hatte. Er verhielt sich seitdem anders. So vertraut, geradeso unbeschwert. Er lachte häufiger, wirkte auf mich zufriedener. - War es, weil er seine Maske fallen ließ? Weil ich ihn durchschaute? Weil ich sein doppeltes Herz, das in ihm pochte, erkannt hatte? - Ich suchte nach Antworten.

Plötzlich schwieg er. Wir schauten uns schutzlos und tiefschürfend in die Augen. Seine liebevollen Gedanken tollten wie von Geisterhand zu mir über. Sein Mund formte ein Lächeln. Plötzlich fühlte es sich an, als würde er in mir rein kriechen, sich ein lauschiges Plätzchen in meinem Inneren suchen und mir von seinen Geheimnissen erzählen. Er wurde zu meinem zweiten „Ich"! Blindlings wurde mir bewusst, dass auch er meine Gedanken lesen konnte. Ich lächelte ihm zu. In dieser Stunde bei Papa Pepe waren wir zwei Bücher, blätterten in unseren Seiten und genossen die stumme Sprache, in der es keine Missverständnisse gab. Es wurde still, als wären alle Gäste gegangen, als hätte der Kellner Feierabend gemacht. Ich rutschte mit meinem Hocker ein Stück näher zu ihm. Er lehnte sich zurück, erfasste seine Brille, hauchte auf die Gläser und zipfelte mit einem Läppchen an ihr rum, als würde ihn das, was er gesehen hatte verwirren. Ich merkte wie ich immer flatteriger auf dem Stuhl hin und her rutschte. Fühlte mich plötzlich nackt bis auf die Knochen. Zu viele Bekenntnisse hatte er aus mir herausgesaugt. Nur eine Umarmung von ihm hätte mich jetzt wärmen können.

Seine sanfte Stimme riss mich aus meinen Gedanken, aus meinen Qualen ihn nicht berühren zu dürfen.

„Frag mich, was du wissen willst! Im schlimmsten Fall kannst du dir nur ein Nein abholen!"

„Ich habe keine Fragen mehr, die ich mir nicht selber beantworten könnte!"

Beschämt senkte ich den Blick, strich mir mit der Hand über die Hose als wollte ich alle Gefühle abstreifen. Mir wurde klar, der Mann mit den zwei Gesichtern und den zwei Herzen spielte mit mir.

Als wenn ich ihn auf frischer Tat ertappt hätte, packte ihn die Unruhe, er wollte gehen.

Schweigsam gingen wir ein paar Gassen weiter und betraten einen Reggae – Bar. Wir stellten uns an die Theke. Rauchschwaden zogen durch den Raum und Mitternacht war schon lange an uns vorübergezogen. Wie ein Löwe im Käfig lauerte er darauf mir mit seiner Pranke eins verpassen zu können, nachdem er mir wie ein schnurrender Kater um die Beine gestrichen war. Mit jedem Schluck Whisky verloren seine Worte an Wärme, die Sprache seines Herzens verstummte. - Vor ein paar Stunden formten seine Lippen noch das Wort Sehnsucht und nun hatte er ein Teufelchen auf der Schulter sitzen. - Mir wurde unbehaglich, ich starrte in den Raum, versuchte meine Gedanken, zu sortieren und schwieg. - Warum hatte ich ihm damals gesagt, ich werde ihn nie mehr küssen, es sei denn er bittet mich darum! - „Wer bricht jetzt das Eis?", hörte ich wie durch eine dichte Nebeldecke. Ich schaute ihn an, fühlte mich bei meinem letzten Gedanken ertappt, seufzte tief und legte spontan meine Arme um seinen Nacken.

„Was hat sich der liebe Gott nur dabei gedacht?", fragte ich ihn und wollte ihn küssen. Er hatte meine Gedanken gelesen, wollte das ich ihn missverstehe und war sich in diesem Augenblick sicher, dass ich es versuchen würde. Geschickt mit einem Triumph in seinen Augen wich er mir aus und sagte: „Es gibt keinen lieben Gott!", dabei lächelte er mir wohlwollend zu.

Meine verletzte Seele schlug Purzelbäume, wie ein kleines unschuldiges Kind an einem Sommertag im Garten, welches gerade von einem heftigen Unwetter überrascht worden war. Es versuchte Schutz vor dem Donnern und den angsteinflößenden Blitzen zu finden, wollte sich verstecken, damit niemand seine Tränen sah. Das kleine Kind in mir schwieg.

„So lange mir eine Frau nicht sagen kann warum…!", bohrte er in meiner frischen Wunde.

„Aus Liebe! Ist Liebe für dich ein Grund?", fast hörte es sich nach einem Wimmern um Gnade an.

„Nein, nicht Grund genug!"

„Warum machst du es so kompliziert?" Meine Verzweiflung machte mich fast Wahnsinnig.

„Weil du es kompliziert willst! Alles was du einfach bekommst, willst du doch gar nicht, da geht für dich der Reiz verloren!"

Seine Augen glänzten siegessicher. Mit einem Lächeln um seine Mundwinkel holte er aus und setzte den Blattschuss.

„Ich will nichts von dir, da ist nichts! Dabei trommelte er auf sein Herz. „Wo nichts ist kommt auch nichts hin! Ein Mann will erobern!"

Er verabschiedete sich höflich, küsste meine Wangen und verschwand in der Nacht.

Tränen kullerten mir über das Gesicht, Wut und Enttäuschung krochen in mir hoch, wie die Lava eines Vulkans suchte sich der Schmerz seinen Weg ins Freie. - War das der Augenblick der Wahrheit? - Vor ein paar Stunden saß mir bei Papa Pepe das Glück wie ein Schalk im Nacken und nun stand ich hier mit meinen offenen Wunden, meiner blutigen Nase und empfand nur noch Schmerz. – Was ist eine Nacht, was sind ein paar Stunden? Wie war das noch mal? Das Leben wird vorwärts gelebt und rückwärts verstanden! -

Ich hatte verstanden. Das Glück lässt sich nicht an die Kette nehmen! Manchmal ist es von so kurzer Dauer, als würde nur eine Sternschnuppe vom Himmel fallen. Ich setze mich in meinen Wagen, verlor Zeit und Raum und verirrte mich in der Nacht. Nur Gott wusste, wo ich war.

Die Zeit verging, in ein paar Stunden würde die Sonne aufgehen. Meine Wut war verraucht, der Schmerz gemildert, die Peinlichkeit verdrängt und mein Tank fast leer. Daheim erschien mir meine Wohnung nicht mehr muffig und leer, sondern wie eine herbeigesehnte Oase nach einem langen Wüstenritt. Ich genoss den Augenblick der Heimkehr und fühlte mich plötzlich wieder sicher. Der Mann mit den zwei Herzen und zwei

Gesichtern gesellte sich zu mir. Seine warmen Blicke streichelten mich. Liebevoll hielt er meine Hand, als wollte er das kleine Kind in mir schützen. Niemand konnte ihn sehen, außer mir.

„*D*as Glück ist wie ein Schmetterling", sagte der Meister.

„Jag ihm nach, und er entwischt dir – setz dich hin, und er setzt sich auf deine Schulter."

„Was soll ich also tun, um das Glück zu erlangen?"

„Hör auf, hinter ihm herzulaufen."

„Aber gibt es nichts, was ich tun kann?"

„Du könntest versuchen, dich ruhig hinzusetzen, wenn du es wagst."

Aus China

Gesichter der Vergangenheit

Der Tag grinste mir frech ins Gesicht, ohne mir seinen Wochentag zu nennen. „So nicht…, so nicht …, nicht mit mir, nicht heute und auch nicht morgen!" Ich zog mir die Decke über den Kopf, schloss die Augen und atmete tief durch. Fragen über Fragen hämmerten in meinem Schädel und drückten meinen Körper immer tiefer in die Matratze. Bilder bewegten mich …, sie waren bunt, abenteuerlich und stolperten durch mein Gehirnkästchen, wie niederträchtige, gaunerhafte…, ungebetene Gäste.

Ich hatte sie selbst eingeladen…, ihnen den Tisch gedeckt in all den Jahren und gebeten Platz zu nehmen an der reich gedeckten Tafel, die Antworten auf ihre Fragen fand. Es war mehr als ein gut bezahlter Job der mich hier an diesen Ort…, in dieses Land führte, der mich eine halbe Ewigkeit von meiner Heimat und meinen Freunden trennte.

Ich sah sie, die Gesichter der Vergangenheit, hörte ihre Gespräche, die von Verzweiflung und Hoffnung auf Besserung getragen wurden. Hörte das hinab fallen der Strickleiter, wenn sie in der Tiefe zu Boden fiel, spürte die Erleichterung, die Kraft und Mühe jedes Einzelnen, der nach ihrem Griff, um Stufe für Stufe aus dem Dilemma zu entfliehen. Nur mein Gesicht aus vergangenen Tagen sah ich nicht. „Lag es daran…, dass ich stets nach vorne schaute, ein Meister im Verdrängen war?"

Ich fuhr mir mit beiden Händen über den Kopf, fassungslos hielt ich für einen Moment die Luft an…, schüttelte mein Haupt und mit jeder Bewegung legte sich ein „Nein" auf meine Lippen, bohrte sich ein „Ja" in mein Herz. „Was für ein Dilemma…?" Jahrelang hatte ich mich als Trainerin um das Wohl anderer gekümmert…, sie motiviert, auf Schiene gebracht und zum Erfolg verholfen. Jedes Wort, jede Geste meiner…, Business – Sorgenkinder zeichneten ein Profil, ein Schattenbild, welches von mir erkannt werden musste, um das Beste aus ihnen herauszuholen.

Abrupt schwang ich meine Beine aus dem Bett…, tippelte auf flotten Sohlen in die Küche und kochte mir einen Kaffee. Die Sonne schien mir ins Gesicht, mein Hund wedelte mit dem Schwanz und ich fühlte mich nackt. Nackt wie ein Fisch, entschuppt, entgrätet, eingelegt in Öl, den…, Business – Haien zum Dinner serviert.

Schockiert über die Erkenntnis, mein eigener…, Geschäft – Sklave geworden zu sein, tippelte ich zurück ins Bett, tauchte in die Dunkelheit des Raumes, nippte an meinem Kaffee und fasste einen Plan. Ich wollte meine Gewohnheiten ändern…, wusste mein Vorhaben war verrückt, ein Abenteuer mit Konsequenzen, deren Ausmaß ich mir nicht an zehn Fingern abzählen konnte.

Motiviert, voller Tatendrang und neugierig auf mein neues Leben hüpfte ich aus dem Bett und griff nach Block und Stift. Zum allerersten Mal in meinem Leben hatte ich kein wirkliches Ziel vor Augen…, nur den Weg. Alphabetisch gesehen wollte ich bei „A" losgehen, ohne zu wissen, was mich bei „Z" erwartet.

Geübt listete ich alle notwendigen Erledigungen auf und fing bei „A" an. Annoncen schalten…, betriebliche Angelegenheiten regeln, Freunde…, Familie über meine Hauruckaktion unterrichten und legte erst den Stift beiseite, als ich zufrieden mit dem Kopf nicken konnte…, ein „Ja" über meine Lippen floss und in mein Herz zog.

Plötzlich fühlte ich mich frei…, aus dem Sklaven war ein Adler entsprungen…, breitete seine Flügel aus und konnte fliegen. Nichts konnte mich jetzt noch aufhalten, mein Entschluss war gefasst. Es war mein Schicksal. Ich liebte meinen Beruf, weil er nicht gewöhnlich war…, weil ich Firmen aufwachsen sah, wie kleine Kinder die erwachsen wurden und weil ich stets mit einem Lächeln belohnt wurde, dennoch sehnte ich mich nach einer grundlegenden Veränderung und sagte mir: „Jetzt…, oder nie!"

Ohne auch nur einen Augenblick von meinem Plan abzuweichen packte ich in den folgenden Wochen die Überreste meines Perfektums in kleine Brotkartons…, handlich, praktisch, gut und stapelte meine Krümel in der Garage meiner Freundin. Den Großteil meiner Möbel und anderen lieb gewonnenen Gegenstände verkaufte ich für einen Apel und ein Ei, ohne auch nur eine Träne zu vergeuden. Freunde wurden beschenkt, Spenden an die Kirchengemeinde verteilt und mein Büro stiftete ich der Universität Málaga. Einige meiner Freunde hielten mein Handeln für zu radikal, andere fanden es mutig…, ich fand es notwendig. Trotz der ganzen Anstrengungen und der unerträglichen Hitze genoss ich den Aufbruch meiner abenteuerlichen Reise.

„Im Namen der…, heiße ich Sie an Bord herzlich willkommen und wünsche ihnen einen angenehmen Flug!"

Ich schaute mich um…, leichtgekleidete, braun gebrannte Urlauber erfreuten sich auf ihr trautes Heim. Düsseldorf…, acht Grad und Regen erwarteten mich, bei dem Gedanken fröstelte es mich ein wenig. Ich freute mich auf Simon. Über ein Jahrzehnt hatten wir uns nicht gesehen…, keinerlei Kontakt, hatten uns aus den Augen verloren. Erst vor ein paar Wochen lebte unsere langjährige Freundschaft wieder auf. War es Zufall oder Bestimmung…, schoss es mir durch den Kopf.

Entspannt lehnte ich mich zurück. Die FR 8613 rollte mit mir auf Sitzplatz dreizehn über die Startbahn…, startete durch und aus dem Augenwinkel beobachtete ich die Sonne, wie sie im Meer versank. Wehmütig zog ich Bilanz, spürte noch die Umarmungen und Küsse. Die meiner Tochter, meiner Freunde…, und Charles Alexanders. Menschen die zu meinem Leben gehörten. Menschen die mich motivieren wollten zu bleiben. Charles Alexander, er war der Mann., dem ich bedingungslos vertraute, mit dem ich die letzten drei Jahre viel Zeit verbracht hatte. Privat wie geschäftlich. Unser Projekt war zu unserem Baby geworden, schweißte uns zusammen. Geld…, endlose harte Arbeit, Herzblut und auch Tränen steckten darin. Das Projekt „Sonniges Klassenzimmer"…, die Eröffnung eines Motivation - Schulungszentrums stand auf dem Programm. Der Kauf eines Hotels. Ich sah unsere, Piano – Bar…, hörte das Geschirr klappern, dachte an die vielen Investorengespräche, die uns den Berg hochjagten…, schneller als wir Laufen konnten. Ich sah meinen Hund, wie er seinen Kopf auf seine Vorderpfoten legte, mich mit seinen bettelnden Augen verfolgte und den Schwanz einkniff. Die Nachwehen der Abschiedsfeiern steckten in meinen Gliedern. Mit jedem geflogenem Kilometer verblassten die Gedanken der letzten Stunden. Simons altes Bild aus Schülerzeiten und unser letztes Telefonat schwirrte mir durch den Kopf.

„Na, meine Liebe…, was ist denn jetzt nun mit Deinem Flug? Dein Zimmer ist schon fertig!"

„Danke, lieb von Dir, aber ich bin noch nicht so weit…, hier läuft wie immer alles mañana, mañana! Nächste Woche Dienstag geht ein guter Flug! Wenn ich mich hier so umschaue, kann ich es mir nicht vorstellen, dass ich es bis dahin schaffe, schier unmöglich!"

„Immer noch so viel zu tun…, und wann denkst Du, kannst Du kommen? Ich habe doch schon den Champagner kaltgestellt!"

„Wenn das keine Motivation ist, weiß ich nichts! Ach…, weißt Du was? Dreimal verschoben ist einmal zu viel…, wir buchen jetzt den am 14 ten., den Abendflug, fertig ist die Laube! Dann kannst Du mich um Mitternacht abholen, genau die richtige Zeit, um Schampus zu trinken, sonst wird das ja nie was!"

„Echt jetzt, bist Du sicher? Du bist noch genauso verrückt wie damals!"

„Ich weiß, kennst mich doch, lieber eine falsche Entscheidung als gar keine treffen. So schlimm wird es schon nicht werden!"

„Ich freu mich…, dann werden wir es uns erst mal richtig gemütlich machen, Du kannst Dich vom Stress erholen und dann schmeißen wir eine große Party!"

„Genau…, dann organisieren wir ein Klassentreffen…, ach hatte ich Dir schon gesagt, dass sich Johann bei mir gemeldet hat, er konnte sich sofort an unsere Klassenfahrt nach Kassel erinnern. Na, erzähl ich Dir, wenn ich gelandet bin…, bis dann mein Lieber!"

In den folgenden Tagen wurde ich zu meinem eigenen Coach. Alles musste straff organisiert sein. Müdigkeit…, körperliche Erschöpfung, Zweifel und Ängste durfte ich keinen Raum lassen. Ich brauchte Kraft, Mut, Ausdauer und geistige Fitness. Mein morgendliches Ritual war eine Tasse Kaffee im Bett, zehn Minuten Autosuggestion und immer mit dem rechten Fuß zuerst aufstehen.

Mit einem Zwinkern überreichte ich auf der Fahrt zum Airport Alexander und Chrissi meine Schlüssel. „Der Letzte macht das Licht aus!" Ein Lächeln huschte über mein Gesicht bei den Gedanken der letzten Stunden…, der vielen süffisanten Abschiedsfeiern und dem Drama bei der Gepäckaufgabe. Am Ende der Kontrolle besaß ich zwei Bordkarten…, definitiv eine zu viel.

Das Aufsetzen des Fahrgestells riss mich aus meinen Gedanken, one way…, angekommen…, die Ruhe selbst…, immerhin wusste ich genau…, mein Konzept würde mich motivieren nach Hause zurückzukehren…, Viva España! Gelassen verließ ich den Flieger, schlenderte zum Gepäckband und griff nach meinen fünfzehn Kilo Lebensgepäck.

Es war schön, wieder in der alten Heimat zu sein, Freunde zu treffen und neue Pläne zu schmieden. Alles fühlte sich so neu an. Saimon bemühte sich sehr, mir den Neuanfang so leicht wie möglich zu gestalten. Wir planten eine Reise nach Hamburg und wollten ein Klassentreffen organisieren. Die für den Anfang geplanten zwei Wochen waren fast um, da meldete sich Johann und lud mich zum Essen ein.

Unsere Anziehungskraft war so groß, wie vor einem viertel Jahrhundert, nichts hatte sich geändert, es war, als wäre die Zeit stehen geblieben. Wie zwei Teenager spazierten wir Hand in Hand durch die Gassen, besuchten unsere alte Schule, vergnügtem uns im Kino, alberten herum und ließen unsere Liaison erneut aufleben. Vertrauen, Zärtlichkeit und Leidenschaft bohrten sich in unseren Alltag…, gaben uns Kraft und Zuversicht. Wir glaubten nicht an Zufälle!

Plötzlich ergab alles für mich einen Sinn…, mein Aufbruch…, ich sollte loslassen, zur Ruhe kommen. Die glühende Sonne gegen den wärmenden Schoss der Liebe tauschen. Ich blieb, genoss die Zeit mit Johann, entfernte mich ein stückweit von meinem Projekt und kam ihm Schritt für Schritt näher. Mein erster Gedanke war nicht mehr „Mein sonniges Klassenzimmer", was mich oftmals nachts nicht mehr schlafen ließ. Er motivierte mich dazu..., das Wort Liebe zu denken, und ich blieb bis zu dem Tag, als ich merkte, auch er war zum Adler geworden.

Ein Alibi für Bummelbiene

Wieder einmal lag Indira in der Leitung und bekniete mich mit ihr nach Oberhausen in die Disco zu fahren. Eigentlich war mir nicht gerade nach Feiern zumute, meine Ehe bestand uneingeschränkt nur noch auf dem Papier und der Haussegen stand schief, wie der Turm von Pisa. Indira, Single und in Feierlaune ließ nicht locker, so willigte ich ein, öffnete meinen Kleiderschrank, kramte Röcke, Hosen, Blusen hervor und hätte am liebsten laut losgeheult. Es war kein typisches Frauenproblem, mein Mann hielt mich an der kurzen Leine, finanziell wie auch in meinen Freiräumen. Alles drehte sich stets um ihn. Für diesen Abend wurde Babysitting bei einer Freundin vorgeschoben, um einmal den Alltag vergessen zu können und aufzutanken.

Das ADIAMO war gut besucht, die Musik dröhnte bis zur Tür und hob meine Stimmung. Die Wärme tat gut, wir ließen den grauen Wintertag vor der Tür und gaben unsere Jacken an der Garderobe ab. Unsere Blicke schweiften nach dem besten Platz, er sollte nicht zu laut, nicht zu dunkel sein,

Getränke und nette Typen in Reichweite beinhalten. Nicht weit von uns entfernt, an der Theke standen sie. Mein Blick viel auf den Älteren der Beiden. - So hatte ich mir meinen Traummann vorgestellt. - Gut aussehend, charmantes Lächeln, breitschultrig, Knackarsch, ein Mann der weiß, was er will! Natürlich tuschelten wir…, Indira fand ihn zu alt. Schüchtern schaute ich immer wieder rüber. Sein Kumpel musterte Indira und kam auf uns zu. Damit waren die Karten verteilt. Sascha und Indira plauderten lebhaft, während ich an meinem Wodka nippte und darüber nachdachte, ob ich seinen Freund ansprechen soll. Mir schlotterten die Knie und bei dem Gedanken fühlte ich einen Kloß im Hals. Ich nahm meinen Mut zusammen, ging zu ihm an die Theke und stotterte los. „D…, dei…, dein Freund hat meine Freundin entführt…, mei…, mein Name ist Melanie, ich bin 27!"

Er schaute mich an, lächelte und war total gelöst. Ich kam mir so unbeholfen vor wie die Hauptdarstellerin in Dirty Dancing, wo sie stottert; „I…ich ha…, habe eine Melone getragen!"

„Ich heiße Markus, magst Du etwas trinken?"

„Ne, ich habe schon was, aber ich habe etwas für Dich bestellt, ich geh mal davon aus, du trinkst Bier!"

„Goldrichtig Süße!"

„Sag mal, bist Du eigentlich in festen Händen oder lohnt es sich mit Dir zu flirten?"

„Es lohnt sich immer mit mir zu flirten, bin nicht in festen Händen!"

Zwei Tage, in denen er mir nicht mehr aus dem Kopf ging, fasste ich erneut meinen Mut zusammen und rief ihn an. Eine Woche später empfing er mich mit Champagner, hatte für uns Spaghetti Gorgonzola gekocht! Der lauschige Abend endete mit einer heißen Liebesnacht. Ich vertraute ihm alles an, erzählte ihm von meinem Mann, meinem Sohn, der bevorstehenden Trennung und Wohnungssuche. Er hatte selbst gerade die Trennung seiner Frau und seines fast gleichaltrigen Sohnes durchlebt und hatte sich an das Singleleben in dem großen Haus noch nicht gewöhnt. Obwohl wir aus zwei verschiedenen Welten stammten, saßen wir dennoch im selben Boot. Ich war noch nicht einmal in der Lage bei einem Dinner die Reihenfolge des Bestecks zu beherrschen, noch besaß ich das Geld für die passende Garderobe, um bei solch einem Anlass zu glänzen. Er machte aus mir einen strahlenden Stern, gab mir den Glauben an der wahren Liebe zurück und schenkte mir und meinem Sohn ein neues Zuhause. Aus Bummelbiene27 @..., wurde Pretty Woman.

Seine Pretty Woman.

Una vida por el momento…,

ein Leben für den Augenblick

Der Tag verflog, während ich mich auf meine Geschäftigkeit konzentrierte. Sonnenstrahlen spiegelten sich im Meer und verliehen dem Himmel einen prächtigen Anblick. Mein Blick schweifte aus dem Bürofenster. Träumerisch und beneidenswert genoss ich das Glitzern der Wellen, welches mir den Tag versüßte. Routiniert und froh gelaunt erledigte ich meine Aufgaben und freute mich auf den Feierabend. Ich beschloss die Abendsonne am Strand zu frönen, und die Vorzüge dieses Anblicks auf meiner Haut zu spüren. Mich zu spüren, den Sand unter meinem Körper, den Wind, der zart über meine Haut gleiten sollte, während das Rauschen des Meeres, meine Sinne betört. Ich wollte mein aktuelles Leben überdenken und neue Pläne schmieden.

Ich zog die Tür ins Schloss, schlenderte zum Auto und fuhr zur „Latino – Bar", die unmittelbar am Fuße der Burg in Fuengirola, mit Blick aufs Meer, ihren Gästen…, bei angesagter Musik Einhalt bot. Sie zählte schon lange zu meinem Stammlokal. Ich begrüßte kurz die Mitarbeiter und bummelte die zweihundert Meter bis zum Strand. Der Schatten einiger Sonnenschirme zog mich magisch an und schenkte mir den idealen Platz zum Wohlfühlen ohne Reue. Kaum hatte ich mein Handtuch ausgebreitet, ertönte ein kurzes leises Geräusch…, die Botschaft auf meinem Handy zauberte mir ein Lächeln ins Gesicht, frohlockte mein Herz und ließ Bilder alter Tage Revue passieren. Sofort war mir klar…, ich musste handeln!

Das Display übermittelte mir Grüße, eigentlich nichts Ungewöhnliches. Ungewöhnlich war noch nicht mal der Absender, er war mir seit mehreren Jahrzehnten vertraut und brachte mich vor einem Monat zum Flughafen. „Schöne Grüße von Hille!" Dieser kleine Satz berührte mein Herz. Über ein viertel Jahrhundert hatte ich nichts von ihm gehört…, und nun raubte mir dieser kleine Satz die Sinne. Eine kleine Liebe, Vertrautheit aus längst vergangenen Zeiten krabbelte mir den Rücken hinauf. Flashbacks tänzelten auf und nieder. Die Freude war so groß, dass mir dieser Tag nichts mehr anhaben konnte. Warum eigentlich…, schoss es mir durch den Kopf. Sofort hatte ich sein zauberhaftes, verschmitztes Lächeln vor Augen, dem ich mich damals schon nicht entziehen konnte. Zuneigung durchbohrte mein Herz, während ich mein Handtuch in die Sonne schleifte, um meine Gänsehaut zu wärmen. Die Anziehungskraft ließ uns damals händchenhaltend durch die Gassen ziehen, Knutschen ohne rot zu werden, um hin und wieder gemeinsame Nächte zu genießen. Ohne dass wir wirklich ein Paar waren. Wir waren Kumpels, arbeiteten zusammen für die gleiche Firma, lebten ein Leben auf der Überholspur und genossen unsere Momente. Bunte Erinnerungen reihten sich, wie Perlen aneinander. - Oh ja…, ich wollte ihn wiedersehen! Und wie ich das wollte! - Mit jeder Faser meines Herzens. Ich musste mich in Geduld üben, mein Rückflug ging erst in über einer Woche. Ich entschied mich baldig mit ihm Kontakt aufzunehmen und rief ihn an. Ich war aufgewühlt, gespannt, neugierig und sehr kribbelig. Seine warmherzige Stimme nahm mir den Kleinmut. Seine Frohnatur und Leichtigkeit bescherten mir eine gehörige Portion Vorfreude. Der Tag nach meiner Ankunft sollte es werden.

Ungezwungen im Dreier Team zum Billard…, soweit der Plan.

Der Zauber der vergangenen Zeiten begleitete mich bis zu meiner Abreise und berührte meine Seele, wie die Sonne das Meer. Ich hätte platzen können vor Ungeduld! Begehren bestimmten die kommenden Tage und machten mir den Abschied leicht, wenngleich wir nur zum Billard verabredet waren und es sich hierbei nicht um ein Date handelte. Jedoch eins verriet mir mein Gefühl…, etwas ganz Besonderes würde passieren. Dessen war ich mir sicher! Unvergessen sein Name, sein Antlitz, sein Lächeln. Eingebrannt in mein Gedächtnis mit tiefen Spuren in meiner Seele. All die Jahre hatten wir nichts voneinander gehört…, und plötzlich diese entfesselten Emotionen, die wie Wassertropfen meinem Körper hinab geleiteten, als hätte eine unsichtbare Kraft den Schleier gelüftet. Erwartung, Spannung, Freude und Ungeduld beherrschten, während des Rückflugs mein Sein.

Gelandet…, daheim angekommen zählte ich die Stunden bis zum Wiedersehen. Dreißig Stunden…, im Gegensatz zu den vergangenen Jahrzehnten und den letzten Wochen nicht wirklich viel! Ich versuchte mich ein wenig zu beruhigen, während meine Gedanken kreuz und quer hüpften und immer wieder seine Silhouette vor meinem geistigen Auge produzierten. Auf meiner to do Liste stand nur noch der Einkauf fürs Wochenende, Bier musste besorgt werden. Denn eins war sicher, die Nacht würde lang werden., verdammt lang! Konfus, versuchte ich wieder Herr über meine Gedanken zu werden und fummelte an meiner Anlage. Musik sollte unseren Abend begleiten! Nachdem ich wieder alles im Griff hatte, die halbe Nacht mit Kofferauspacken und Gedöns Rat verlor, schlief ich erschöpft auf dem Sofa ein.

Plötzlich ein Schrillen..., das Telefon riss mich abrupt aus meinem wohlverdienten Schlaf, immerhin hatte ich die letzten Wochen fast Tag und Nacht gearbeitet, war völlig erledigt und wünschte mir die folgenden Stunden, für dieses Treffen zum Aufhübschen. Natürlich, kam es anders als man denkt... er lockte mich vom Sofa, wollte nicht auf den Abend warten. Ein gemeinsames Frühstück sollte es nun werden. Es fällt mir schwer, vor dem ersten Kaffee zu denken, oder gar Entscheidungen zu treffen..., aber wer könnte schon seiner wohlklingenden, erotischer

Stimme und seiner charmanten Hartnäckigkeit widerstehen? In null Komma nix war ich wach! Sprang vom Sofa ins Bad…, in die Küche, zurück ins Wohnzimmer, wie ein angeschossenes Reh. In etwas über eine halbe Stunde würde er hier sein.

Es klingelte…, geschmeidig und wohlgelaunt stand er mit seinem pfiffigen, bubenhaften Lächeln vor mir. Er hatte sich kaum verändert. Trug immer noch die Leichtigkeit in seinem Herzen. Wir umarmten uns freudig, küssten uns zur Begrüßung zaghaft und tauchten aus der Vergangenheit in die Gegenwart. Es fühlte sich an, als wäre die Zeit stehen geblieben. Unsicherheiten wurden ausgelöscht. Die kleine Liebe aus alten Tagen klopfte an die Tür meines Herzens und bat mich um Einlass.

Er sah immer noch blendend aus…, stattliche, schlanke Figur, grau meliert und Bübchen Haft verschmitztes Lächeln wie eh und jäh mit einer ganz besonderen Ausstrahlung. Sofort zog er mich wieder in seinen Bann. Ohne Anlaufschwierigkeiten…, vertraut, innig, humorvoll vergaßen wir Zeit und Raum. Beschwingt stellten wir plötzlich fest, dass der Tag sich schon fast dem Abend neigte und wir uns verplaudert hatten. In ein paar Stunden würde Armin kommen. Billard, quatschen und Feier Laune sollten die Nacht begleiten. Natürlich müsste niemand mehr im Anschluss fahren, meine Wohnung glich in solchen Momenten stets eher einer Jugendherberge. Denn eins war schon immer klar, wir konnten Feiern.

Frohgelaunt verabschiedete er sich und ließ mir noch ein paar Stunden bis zum Wiedersehen. Ich sprang unter die Dusche, ließ das heiße Wasser an meinem aufgewühlten Ich hinuntergleiten, ohne meine Gedanken, von ihm abzuwenden. Fragen über Fragen durchbohrten mein Gehirn. - „Spielten mir meine Sinne einen Streich? Woher kam diese Anziehungskraft, dessen ich mich nicht wehren konnte?" – Schon in Spanien war mir klar, dass wir auch die körperliche Nähe suchen würden, ohne zu wissen…, wohin uns die Wogen tragen. Leichtfüßig wie eine Feder, Begierde ohne Reue, mit einer Selbstverständlichkeit, als hätten wir die Macht eigener Entscheidungen, nur zu gerne genießerisch verloren.

Acht Jahre war ich Single, außer eine kleine Liaison, die man nicht wirklich mitzählen konnte. Wollte keinen Mann mehr in mein Herz lassen.

Mich keinen Verletzungen aussetzen, nachdem ich meine Wunden geleckt hatte. Habe mein Innerstes geschützt. Mauern errichtet, Stacheldraht und Tretminen gelegt und mein Herz in einen Tresor geschlossen. Meine Festung glich einem Hochsicherheitstrakt und niemand hatte einen Schlüssel, um meine Gefühlsbank auszurauben. Lieber genoss ich meine Unabhängigkeit und gestaltete mir ein beglücktes Leben. Natürlich erwischte ich mich auch zwischendurch bei dem Gedanken, wie es wäre, wieder einen Menschen in mein Herz zu lassen. Er müsste nicht perfekt sein, aber er sollte Leichtigkeit versprühen, eine gehörige Portion Humor und Leidenschaftlichkeit besitzen, sowie seine inneren Werte kennen. Er sollte Spaß am Leben mitbringen und Spontanität sollte für ihn kein Fremdwort sein. Aufrichtigkeit ein Muss! Zärtlichkeiten genießen können, eine wunderschöne Ausstrahlung haben und Intelligenz aufweisen. Er müsste die Gabe besitzen mich emotional so sehr zu berühren, dass ich mich ihm gegenüber nicht verwehren kann. Ich war mir sicher, bevor mir nicht so ein Mann über den Weg läuft, bleibe ich Single. Ich wollte mir nicht mit kurzen Liebeleien, die Chance nehmen…, auf diesen einen Mann zu verzichten, nur weil ich in einer Liebelei stecke. Obwohl ich viel mit Menschen, wie auch mit charmanten, gutaussehenden Männern in Berührung kam, Feste feierte, zog mich niemand in den Bann. Jedes Mal, wenn ein Mann mehr von mir wollte, außer Freundschaft, entzog ich mich, ging auf Abstand, verschloss die Tür zu meinem Herzen und rollte den dicken Stein vors Schlafzimmer.

Und nun stand er vor mir mit funkelnden Augen, voller Esprit und Sinnlichkeit…, und verdrehte mir den Kopf.

Aus dem Billard Abend wurde eine kurze Kneipentour mit überschüssiger Feierlaune auf dem Sofa. Wir plauderten, lachten und spielten Songs aus alten Tagen. Armin war schon erschöpft auf der Couch eingeschlafen. Bevor auch ihn die Müdigkeit einholte, ergriff ich seine Hand, rollte in Gedanken den Stein weg und führte ihn ins Schlafzimmer. Wir kuschelten, so dicht, dass kein Blatt Papier mehr zwischen uns passte und ließen uns genussvoll fallen. Vertraut, beflügelt, innig gepaart mit Leidenschaft und voller Gewissheit, dass unsere Reise am Morgen nicht zu Ende sein würde.

Manchmal reicht ein winziger Funke, um die Glut einer erstickten Flamme wieder zum Lodern zu bringen…, seinen Hochsicherheitstrakt zu verlassen und das Tor zum Ich zu öffnen.

Angst wich der Sehnsucht und führte zu Begehren. Leidenschaft füllte mein Herz mit Zuneigung. Wagemutig und vertraut möchte ich der Wassertropfen auf seiner Haut sein und ihn mit allen Sinnen genießen, so lange uns die Wogen tragen und Liebe unser Zwerchfell kitzelt.

Amor especial mismo…, Liebe sondergleichen.

Der Sinn erhält das Leben einzig durch

die Liebe.

Das heißt: je mehr wir zu lieben und uns hinzugeben fähig sind, desto sinnvoller wird unser Leben.

Hermann Hesse

Seelen reisen nie allein

Wissenschaft ist wahr, aber kann uns nicht alles erklären. Auch wenn Zahlen und Formeln unser Leben bestimmen, werden wir ewige Suchende bleiben. Auf der Suche nach dem Sinn des Lebens und dem Glück. Ich beschäftigte mich gerne mit Eigenschaften, die nicht messbar sind, während ich mich hoffnungsvoll an den Glauben des Guten klammere, um dem Bösen aus dem Weg zu gehen. Bereitwillig nicht nur an Gott, sondern auch an Wunder und Schutzengel zu glauben, wie viele andere auch. Schon immer hat sich die Menschheit schwergetan, - Unfassbares als fassbar - zu akzeptieren, und Vorreiter voreilig verurteilt. Hätte uns Galileo Galilei nicht eines Besseren belehrt, würden wir immer noch glauben, die Erde sei eine Scheibe und das Zentrum des Universums.

Ehrliche, begehrliche Weltanschauung lädt uns ein zur Selbsterkenntnis und philosophischen Lehren, präsentiert uns Spiritualität, ohne Erklärungsmodelle finden zu müssen. Es gibt

Dunkelheiten…, und es gibt Nächte. Nächte, die man nie vergisst. Sanft, verwegen voller Enthusiasmus, die alles aus einem entlocken. Hemmungen mit der Garderobe abgelegt, bei Kerzenschein und guter Laune. Frivole Gedanken tänzeln andersartig im Kopf, gelebt die Nacht und zum – Lieben - verurteilt. Anschmiegsam ohne Bedenken, nichts ahnend was der nächste Tag hervorbringen wird. Gelebt die Nacht im hier und jetzt, ohne „Aber", ohne nervös auf der Lippe zu kauen. Einfach nur „Ich" sein, mal laut, mal leise. Lachend, kichernd, selbstbewusst, humorvoll und ironisch mit anschmiegsamer Abenteuerlust…, ohne getackten Morgen. Der einzige sichere Weg zu mir selbst…, war Eigenwilligkeit. Während ich mich auf mein Leben konzentrierte, meine Löwenmähne in den Nacken warf und in Schuhen lief, für die man einen Waffenschein brauchte, drehte sich die Welt zügellos um mich herum weiter. Immer schneller, so schien es mir. Vorbei die Zeit der Neunziger mit Karo Flanellhemden, Leder Westen, Stulpenstiefel und Joint. Zeit der Popmusik, Baywatch und Love Parade. Die sexuelle Freiheitsbewegung verlor ihren Reiz. Heiraten wurde wieder modern, Stabilität und Glückseligkeit gefragt. Ich wurde älter und weiser, tauschte Traurigkeiten gegen Glück ein und stellte zu meinem Erstaunen fest, dass ich immer noch Suchende war. Im Alter ist es wahrlich überraschend, wenn man feststellt, dass einem die Zeit entwich, unterdessen sich das Hamsterrad gnadenlos drehte, während Unwissenheit die Sichtweise bestimmte. Erbarmungslos hatte der Alltag, mit all seinen Pflichten so viel kostbare Zeit beansprucht, dass man das größte aller Geheimnisse nicht lüften konnte. Ich dachte, ich sei schon längst glücklich, traute jedoch meinem Glück nicht wirklich…, als plötzlich meine Welt kopfstand. Und jeder weiß, dass Denken im Kopfstand schwerfällt. Mir versiegte die Sprache, trotz Klugheit, Schönheit und Mut. Fühlte mich plötzlich entwaffnet und neben meinem Geist so schlagfertig…, wie ein Ritter ohne Rüstung, in der Badewanne. Denn nach Jahrzehnten auf dieser Erde hatte ich bei genauer Betrachtung nur einen Steckbrief von mir in der Hand. Es fühlte sich so fahrlässig an…, ach was sag ich, es fühlte sich nicht mal mehr lässig genug an…, um fahrlässig zu sein.

Nachdem ich mein Leben auf der Überholspur überdachte, die Vergangenheit besiegelt war und aus meinen Kindern Leute wurden, genoss ich es zukünftig, begabter handeln zu können. Plötzlich war das Meer, welches gestern noch vor meiner Haustür, Wellen schlug, unerreichbar für mich. Es hatte an Wichtigkeit verloren. Das Rauschen verblasste, die Sonne versteckte sich vor mir hinterm Horizont, während die Dunkelheit und der Winter mir über den Weg lief und ich mir eine Heizdecke kaufte. Banalitäten verloren an Reiz. Sinne wurden geschärft und Zeiträuber verbannt. Nichts schien mir mit jedem Schmetterlingsschlag wichtiger, als hinter den Kulissen zu schauen. Tatsächlich glaubte ich…, dass es noch viele Facetten des Lebens zu erobern galt. Ich war bereit…, bereit mein Leben zu überdenken, bereit einen neuen Kurs einzuschlagen…, bereit Geheimnisse zu lüften…, bereit für eine neue bedingungslose Liebe zu mir. Ich brauchte Zeit und Raum, nichts schien mir plötzlich wichtiger, als mich kennenzulernen, um die Welt, die Menschen um mich herum zu verstehen.

Unerwartet schaute mir plötzlich die Glückseligkeit ins Gesicht, stattlich gewachsen, kecker Blick mit einem Humor zum Niederknien. Einer von der Sorte, nach dessen Hand man greifen muss, dessen Verstand man verstehen möchte, dessen Zärtlichkeit man nicht ausschlägt.

Mir wurde klar..., während ich dem Glück hinterherlief, hatte ich vergessen nach der Glückseligkeit Ausschau zu halten. Ich hatte nicht gesucht nach ihr, dennoch hatte sie mich gefunden..., klopfte ungefragt an meiner Tür, dessen Zeitpunkt nicht schlechter sein konnte. Der Mann, der alle meine Pläne über Bord warf, mich tief bewegte und meine Meilensteine mit Zuckerguss überzog. Da war sie nun, die Glückseligkeit. Einfach so!

Es wurde still im Raum. Ich spürte das Pochen in meiner Brust, lauschte in die Stille hinein und hörte, wie meine Atmung in Wallung geriet. Gebannt starrte ich auf die Tür. Schon lange war meine Löwenmähne aus dem Gesicht gekämmt und ein Blick in den Spiegel verriet mir, dass nicht nur meine Haut mit jedem Tag blasser wurde, sondern die Zeit reif war, den Blick nach innen zu wenden. Wir werden alle älter..., Tag für Tag, während unsere Sehnsucht wächst, den Sinn des Lebens zu verstehen. Plötzlich werden wir hellhörig, feinsinnig und bizarr. Unsere Gemütsschwankungen gleichen einer Achterbahnfahrt zwischen - Sein und Schein -, während sich die Logik aus dem Staub macht. Das forsche Auftreten meiner Gedanken steigerte meine Neugier und wollte Zweifel aus dem Weg gehen. Ich beschloss, meine Kümmernisse keine Beachtung mehr zu schenken. Setzte mich hin, ohne schon wieder zu laufen, wie es die erfahrenden Mönche auch tun und meditierte. Spürbar verlor mein Leben an Fahrt, es wurde friedlicher und schenkte meinem Geist die Freiheit, nach der sich mein Herz gesehnt hatte.

Ein Lächeln huschte über mein Gesicht, als wäre ich mit meiner Welt im Einklang. Wärme durchflutete meinen Körper, als könnten mir nur die Eiswürfel in meinem Drink gefährlich werden. Energiegeladenen Strahlen durchfluteten meinen Leib und schienen durch mich durch zu gehen. Ich erinnerte mich an meinen – En Face Blick -, der mich einst kalt erwischte und nachdenklich machte. Wer ihn einmal gesehen hat, wird ihn nie mehr vergessen. Nie zuvor hatte ich mir gestattet, tief in mein Inneres zu schauen. Ich erschrak über das Bildnis, welches auf phänomenaler Weise, wie eine schwarz – weiß Zeichnung, selbstreflektierend durch mein Ich huschte. Plötzlich wusste ich, was zu tun war.

Dieser Blick hatte mich völlig aus der Bahn geworfen, nichts war mehr wie vorher, es schien, als hätte eine höhere Macht versucht, den Schleier zu lüften, um der Wahrheit ins Auge zu blicken. Meine mühsam aufgebaute Mauer geriet ins Wanken, bröckelte Stück für Stück. Ein Anstoß, der mich Revue passieren ließ. Vielleicht muss das so sein…, offenbar ist das unser Schicksal, weil es so viele Parallelen gibt. Anscheinend braucht man manchmal tatsächlich einen auf die Nase…, um für sich und seine eigene Zukunft klarer zu sehen! Um sich selbst zu erkennen, bleibt einem vermutlich keine andere Wahl, als das Hamsterrad zu verlassen.

Bleibt mir nur, mit einem Augenzwinkern Nietzsche zu zitieren, in der Hoffnung, dass meine ungezügelten Gedanken Gehör finden und wundersame Ereignisse uns nicht in Angst und Schrecken erstarren lassen. Nietzsche sagte: „Was mich nicht umbringt, macht mich stärker!" Recht hatte er, wenngleich es vermutlich nicht der Wahrheitsfindung diente, unser Augenmerk auf uns selbst zu lenken. Vielmehr gilt es doch tief in unserem inneren die Stimme zu erkennen, der wir vertrauensvoll folgen können, ohne gleich in eine Zwangsjacke gesteckt zu werden.

Verwegen schaue ich rückwärts, um mir Klarheit zu verschaffen..., spüre, da ist noch etwas weit entfernt, mit einem Fingerzeig auf mich. Ein „Ja DU!", voller Fremdheit aus dem Nichts, welches für mein Schicksal offenbar verantwortlich zu sein scheint. Divergent, willkürlich, unberechenbar bist du, mischt dich ein bei jeder Frage. Duldest keine gedachten Alleingänge unter meinem Scheitel. Stolzierst durch mein Herz bei Frohsinn und Leid. Schiebst mir Unwohlsein in den Bauch, wenn dir meine Entscheidung nicht gefällt. Wir kennen uns so gut, dass ich auf dich höre, ohne zu wissen, wo ist dein Sitz in mir. Bist ungefragt ein Teil meiner selbst, als mein „Ich" akzeptiert, seit Ewigkeiten mein Eigentum. Haben gemeinsam gelacht, geweint und gespielt. Du unbekümmerte, leichtsinnige Kinderseele warst wissensdurstig und wurdest mit mir erwachsen. Jeden Tag ein Stück mehr. Du hast mich Gelehrten überlassen, die sich über dich nicht einig waren. Daheim warst du tabu, als hätten alte Seelen keine Sprache. Alle glauben an dich und suchen nach deiner Heimat. Außer Albert Einstein, er hatte dich einst als „spukhafte Fernwirkung" zu den Akten gelegt. Christlich erzogen hörte ich von Himmel und Hölle. Ungewissheit nagte an mir, während meine

Seele mit Blick aus dem Fenster, zur Welt aufschaute. In der einen Hand Beweise, in der anderen Vermutung, während das Leben rief. Fragen bohrten sich in mein Herz, Erfahrungen ließen mich nachdenklich werden und so hörte ich dir von Tag zu Tag aufmerksamer zu. Der Tod als Ende allen seins lässt uns aus Angst durchs Leben jagen, bis wir müde werden. Wieder zeigt der Finger auf mich, als wenn es mein eigener wäre. „Ja Du…, kennst du deinen Weg?" Ich nutze die Stille im Raum, schweigsam wird meine innere Stimme beständig lauter, während ich Fragmente meines Lebens an den Haaren herbeiziehe und auf Herz und Nieren prüfe. Spüre den Quell meiner Wahrnehmungen und Sehnsüchte. Strecke die Hand aus und versuche die Wahrheit einzufangen, während du meine Vergangenheit verborgen hältst. Zweifel lassen meinen Geist die Fesseln sprengen und verführen mich zu Glauben. Gestärkt strecken wir gemeinsam unseren Arm aus und angeln nach der Zukunft, während du mich mein Perfektum vergessen lässt. - Wird die Wissenschaft dich eines Tages als Illusion entlarven, ohne dass wir uns aus dem Jenseits wehren können? –

Wenn du und all die bizarren Zufälligkeiten nur eine Fata Morgana bist, wirst du mit mir dein Gefängnis verlassen, sowie mein Herz und Hirn zu Staub verfällt. Mein Körper wird dir nicht mehr gehören…, du wirst dir einen neuen Körper suchen müssen! Ich bin mir sicher, die Welt braucht dich, wie auch mich. Gemeinsam sind wir wirkungsvoll, ohne zu wissen, wer von uns beiden zuerst da war. – Bist du in mir gewachsen, oder ich an dir? – Alle haben sich an dir versucht, dich definiert und in Schubladen gesteckt. Getaumelt zwischen Wissenschaft, Religion und Esoterik. Dualismus zwischen Körper und Seele, Existenz nach dem Tod wird dir nachgesagt…, dass du dir neue Körper suchst. Einen den ich für mich erkoren habe vor dem jüngsten Gericht, um auf Erden Erkenntnisse zu machen, die mich weiter und weiter bringen, bis zur höchsten Einsicht, welches das Universum mir zu bieten hat.

Du unberechenbare Gauklerin weilst in mir, seitdem ich denken kann, hauchst meinem Körper Leben ein, während du mein Ego umschmeichelst. Fütterst mich mit Vergangenheit, Gegenwart und ersehnter Zukunft, unterdessen du mit mir flirtest, als gäbe es kein Morgen mehr. Ohne dich wäre ich eine Glühbirne, die niemals leuchtet…, ein Körper ohne Leben! Dir verdanke ich meine Fähigkeiten, meine Intelligenz und meine Emotionen. Du respektierst meinen Willen und meine Leidenschaft, schenkst mir Individualität und Identität. Raum und Zeit scheinst du nicht zu kennen. Seit Zweieinhalbtausend Jahren, versucht die Menschheit hinter dein Geheimnis zu kommen, während du die Seele baumeln lässt und deinen Ursprung hütest. Laut Homer sollst du von außen in den Körper kommen und nach dem Tod entweichen. Wie man es aus modernen Filmen kennt, wenn du über dem Körper schwebst und alles registrieren kannst. – Wer entscheidet beim Nahtod, wohin das Licht dich führt? Bin ich es, weil ich mein Leben so gelebt habe, wie es mir gefiel? Oder bist du mein Seelenfänger und nimmst mich mit in eine andere Dimension? – Fünf Stufen von dir soll es geben laut den chassidischen Meistern. Wie soll ich dich beim Namen nennen, wenn ich nicht weiß, bin ich noch Geist oder schon Einheit? Nefesch, Roach, Neschama, Chaja und Jochida. Was nichts anderes heißt als, dass du der Motor meines physischen Lebens bist, mein emotionales Ich, mein intellektueller Atem und meinen überrationalen Sitz des Willens beherrscht, während ich das

Wesen, ein Teil von Gott bin. Anscheinend wollte er mich so haben, wie ich bin. Er wollte dich nicht auf einem Berg verstecken, weil er wusste, die Menschen würden sie erklimmen. Kein Berg wäre ihnen zu hoch, um dich zu finden. Er wollte dich auch nicht auf dem Meeresgrund versenken, er wusste…, die Menschen würden tauchen, um dich dort zu suchen. Er handelte weise und versteckte dich in mir, im inneren jedes Einzelnen, weil er genau wusste…, alle würden suchen…, ihr Leben lang und daran wachsen. Wusstest du, dass du sogar einen eigenen Feiertag hast? Den Feiertag der Seelen…, dein Geburtstag am Allerheiligen? Du kannst dich freuen, dass du nicht nur ein abstrakter Begriff bist und im Duden ein zweites Zuhause gefunden hast. Gebettet haben sie dich auf vielen Seiten, integriert in allen Sprachen. Immer wieder tauchst du auf und streichelst uns ganz sanft. Versuchst dich als Seelentröster, sendest uns Seelenverwandte und holst dir Streicheleinheiten ab. Wir saugen dich auf, empfinden dich als G-ttlichkeit…, innere Identität…, und würden dir alles verzeihen, solange du uns mitnimmst auf deine endlose lange Reise und uns deinen Ursprung zeigst. Du bist mir so vertraut, wie kein anderer, nur manchmal..., manchmal wenn sich Unbegreifliches in mein Leben schleicht..., lernst du mir das Schaudern, regst mich zum Grübeln an und verführst mich zum Schwärmen. Jäh kann ich dir nicht mehr widerstehen, wenn du mir kleine Botschaften aus deiner Heimat sendest, mich mit den Toten plaudern lässt, während wir an Engel glauben, Gott huldigen und fromm leben. Alle sind sich einig über deine Existenz, auch wenn man dich, wortgetreu nicht greifen kann. Die Forschung wird dich niemals aufgeben, so lange die Gelehrten sich ereifern für des Rätsels Lösung bei Nahtoderfahrenden zu suchen, die vom Tunnel und dem Licht berichtet. Mit Lichtgeschwindigkeit sollst du daherkommen und ihr Sein ins Paradies begleitet haben. Niemand hat jemals die Hölle gesehen, der zurück auf Erden kam. – „Warum solltest du göttlicher Funke auch den Ort der Verdammnis für dich selbst wählen?" – Eines Tages, da es niemandem erspart bleibt, werden wir, jeder für sich es am eigenen Leib erfahren, während unsere Schlacke sanft in Gräbern ruht. Wird der Quantenphysiker Prof. H.P. Dürr, der den Dualismus von Körper und Seele als real hütet und deine Existenz nach dem Tod erwartet, recht behalten..., oder sollten wir noch mal in den Spuren der großen griechischen Philosophen laufen. Deren Ideenlehre und Hebammenkunst…, wie man die gelungene Hervorbringung der Wahrheit in einem Menschen nennt, weiter folgen? Laut Epikur stirbst du mit mir, während Platon der Meinung ist, ein Großteil von dir ist unsterblich, unterdessen der kleine Teil von dir, die Begierde mit mir erlischt. Neun Jahre ging Platon bei Sokrates in die Lehre, um dich meine betagte, empfindliche Psyche, die ohne mich nicht Leben kann, als Einheit des Seins zu erforschen. Schon Thales, ein Genie der Mathematik und Astronom wurde als erster Liebhaber der Weisheiten 625 Jahre v. Christus, als Urheber der Erkenntnis gefeiert.

Ich – Du – Wir können nur gemeinsam glücklich oder unglücklich werden, wir können nicht vor uns selbst fliehen. Ich - Denken macht unglücklich! Ich frage mich nicht: "Wie kann ich glücklich werden!" …, denn solange sich der Mensch die Frage stellt, ist er unglücklich! Diese Weisheit hast du mich gelehrt, während unserer Verbundenheit. Es macht mich froh, dich an meiner Seite zu wissen bis zum letzten Atemzug, dass du mir stets das Gefühl gibst, alles zum richtigen Zeitpunkt zu besiegen, weil es mir die Furcht nimmt, etwas Unechtes zu tun.

Auch wenn Gott uns den freien Willen geschenkt hat, so glaube ich doch, dein Einfluss ist so mächtig, dass der Wille dir gehört und ich gehorche. Meine Vorahnungen, erlebte Déjà-vus, Intuitionen, wie auch telepathische Erlebnisse werde ich nicht den biochemischen Prozessen zuordnen, wie die Naturwissenschaften es gerne hätten. Mir ist es auch egal, ob Homer am Ende recht behalten sollte und wir gemeinsam nach dem Tod nur noch ein Schattendasein führen, oder ob uns die Gelehrten der antiken Philosophie, bloß die Furcht vor dem Tod nehmen wollten..., während wir die Lust am Leben lüstern leben sollten. Aristoteles Lehrsatz war, dass die Vernunft nur von außen zu Tür hereinkommt und du deshalb unsterblich bist, ohne deinen Geburtsort zu kennen und zu wissen, wohin du gehst.

Alles ist Materie und hat seine Ordnung. Wer kennt sie nicht, die berühmten mathematisches Formeln, den Satz, des Pythagoras mit dem wir Winkel berechnen können. Aber er sah noch mehr..., er verglich die Abstände zu den Planeten mit den Intervallen der Musik – Sphärenmusik. Bis dato war sie für die westlichen Komponisten der letzten Jahrhunderte ein Widerhall der göttlichen Sphäre, die das menschliche Herz berühren sollte. Die musikalische Romantik der Werke drückte in den Sinfonien die Sehnsucht nach Seelenheimat aus. Er vertrat den Glauben, dass Zahlenverhältnisse die Ordnung aller Dinge sind, die die Welt in Harmonie halten. Aufgrund dieser Erleuchtungen, wandte er sich der Esoterik zu, was für ziemlichen Wirbel sorgte. Denn in der Antike galt Esoterik als Geheimlehre, die nur besonderen Gelehrten zugänglich war, die heute in der Forschung noch gerne umstritten wird. Während Pythagoras als Denker in der Geschichte einging, war Sokrates eher der Fragende.

Wieder zeigt der Finger auf mich und fordert mich auf zu hinterfragen. Mir schien, als hätte jeder recht auf seine Weise…, weiß ich doch, dass es immer drei Wahrheiten gibt. Deine – Meine – und die der Anderen! Schließlich kommt es nur auf dem Blickwinkel an. Und gerne lassen wir uns täuschen durch Erscheinungen, Vorhersagungen oder Aberglaube. Ergriffen hat mich Sokrates Interpretation, als er als siebzigjähriger in Athen soeben zum Tode verurteilt wurde. Sokrates sagte: „Es ist Zeit, dass wir gehen, um zu sterben, und ihr, um zu leben. Wer von uns zu den besseren Geschäften hingeht, das ist allen verborgen außer den Göttern." Paradies hin, Paradies her, wenn deine Heimat der Himmel ist, dann wirst du uns dorthin wohl auch mitnehmen. Ob wir von unseren verstorbenen Ahnen abgeholt werden, wir gar unser geliebtes Haustier wiedersehen, fragt sich die Menschheit seitdem Komapatienten und auch Nahtoderfahrenden über solch Phänomene berichten. Führte das Wunschdenken zu Trugbildern oder war es einfach nur das Irrlicht?

Du wunderbarer Teil in mir, schön..., dass es dich gibt und du mir die Begabung gibst zu hören und zu fühlen. So kann ich den Klängen der Sphäre lauschen, während mein leidenschaftliches Bewusstsein dich zum Tanz auffordert. Du überlässt mir die Entscheidung, welcher Fußspur ich auch immer folgen möchte. Mir scheint, als ereiferten sich alle Gelehrten und das Menschentum nach der Wahrheit deiner Urquelle und jeder vertraut auf sein eigenes Rezept, gegen die Todesangst und die bis dahin, erforschten Lehren. So schrieb Epikur an Menoikeus in einem Brief: „Der Tod geht uns nicht an, denn solange wir existieren, ist der Tod nicht da und wenn der Tod da ist, existieren wir nicht mehr." Ich muss ihm so recht geben, denn die Lebensdauer ist Irrelevant für die Glückseligkeit..., viel wichtiger ist doch der Augenblick des Glücks..., der rechte Genuss, auch wenn es keinen Anfang und kein Ende geben sollte. Selbst Goethe hatte schon erkannt: „Wo Geist ist, ist Materie, und wo Materie ist, ist auch Geist!" Wirst du uns eines Tages dieses Rätsel lösen lassen, oder werden wir dir folgen auf ewige Zeiten, egal wohin du uns führst? Oh du meine Weltenseele, wenn du mich lässt und das Licht am Ende des Tunnels bist, werde ich dich gerne begleiten..., wie unendlich unser Weg auch sein mag. In dem Fall lasse ich mich gern auf, leuchtenden Torheiten ein, so lange mich der Teufel nicht holt. Ich habe keine Furcht vor dem Übergang in andere Dimensionen, vor der geistigen Welt mit seinen geistigen Wesen, wie du aus esoterischer Sicht beschrieben wirst. Du hast mir Besinnung geschenkt, mich aus der Ohnmacht des Kleindenkens entführt, um mir multidimensionales Sein zu Lehren. Mit Hilfe meines spirituellen Erwachens hast du mir die Furchtsamkeit genommen, mich auf höherer, geistiger Ebene zu bewegen. Dort wo man keine

Mundart und Wörter verlangt. Dort wo nur Hingebung, Liebe und Verschmelzung gefühlt wird. Der allerhöchsten Lichtebene…, die Quelle – allen - Seins. Denn nur unsere Herzenssehnsucht verbindet uns mit der Ebene von Licht und Liebe, aus der du zu stammen scheinst. Ist es nicht unser aller Ziel, die Erleuchtung anzupeilen, ohne dass wir es für uns ahnen…, sondern einfach nur Gottes Plan ist? Sind wir noch Anfänger auf der irdischen Welt, Randfiguren im kosmischen Spiel, die dir durch Meditation näher und näher kommen sollen, weil unser Dasein hier auf Erden nur ein irdisches Vorspiel auf das ganz Große ist. Werden wir so lange wiedergeboren, bis wir gelernt haben uns mit Herzen - Strahlen zu berühren, oder inkarniert ausschließlich unser Geist bis zur Vollkommenheit der höchsten Bewusstseinsform, um der materiellen Welt, mit Gier und Macht den liebevollen Kampf anzusagen, während wir von Naturkatastrophen und Krankheiten belehrt werden? Ich glaube fest daran, dass es nicht nur die Erde gibt, sondern noch viele verschiedene Seins Ebenen unter unserem Himmelszelt.

Und ich bin erfreut darüber, wenn dem so ist, ferner ich nicht als verlorene Seele in der

Zwischenwelt lande, ohne dahinter einen Sinn zu verstehen. Bereitwillig würde ich mich als Engel zur Verfügung stellen, um den Lebenden auf den rechten Weg zu führen. Natürlich ist mir bewusst, dass keine Schöpfung die Freiheit der Wahl besitzt und ich darauf vertrauen muss, was mein Schöpfer für mich erkoren hat.

Schon vor mehreren Jahrzehnten hast du mich auf den Pfad der Autosuggestion gebracht, der ich täglich zehn Minuten am Morgen gab und zu meinem Ritual erkoren hatte. Gewiss florierte es manchmal auch im Alltagsstress in Vergessenheit zu geraten, wenn die Mühlen auf Hochtouren liefen und Glück an meiner Seite stand. Aber in Zeiten, die weniger rosig waren, habe ich mich nicht nur ermahnt, sondern mit dieser Tauglichkeit mich selbst geheilt, als die Schulmedizin am Ende ihrer Weisheit stand. Im Schlaf hatte ich einen physischen Schock erlitten, der meine rechte Hand lähmte. Die Ärzte waren ratlos, während meine Verzweiflung von Tag zu Tag größer wurde. Erinnerst du dich, wie mir das Schreiben mit links schwer viel, ich nicht mehr Auto fahren konnte und ich mir beim Zähneputzen, fasst ein Auge ausgestoßen hatte. Du schenktest mir drei Monate die Disziplin, mein

Unterbewusstsein auf Heilung zu suggerieren. Was war ich froh, als der Spuk vorbei war. Genauso plötzlich, wie mein Unheil über Nacht gekommen war, war die Lähmung aus meinem Körper gewichen. Das aller..., aller Schwierigste daran war, die Gedanken beim Gedanken zu halten und die Disziplin, es mindestens drei Mal am Tag Gelingen zu lassen. Und weil das so schwierig ist, gelingt es auch nicht bei allen Krankheiten. Erst recht nicht, wenn man auf der anderen Seite seinen Körper durch ungesunde Lebensweise daran hindert. Wissen wir doch nur zu gut..., dass der Dualismus überall auf uns lauert. – Der Wille ist da..., aber das Fleisch ist schwach - ..., oder wo Licht ist..., muss auch Schatten sein.

So wie ich dich kenne, hast du mich in all den Jahren vermutlich wie Sherlock Holmes unter die Lupe genommen, mich erst mal machen lassen, um die Stärke meines Willens und mein Fleisch zu prüfen. Im Glauben..., mich irgendwie mit Tricks schon auf den richtigen Weg führen zu können. Sicherlich hattest du kein schlechtes Gewissen, mich mit kleinen Fallen vom Wege abzubringen. Wahrscheinlich wolltest du damit nur meine Seelenentwicklung zwischen Herz, Bauch und

Verstand prüfen. So als würde ich auf den Knopf mit dem Pfeil schauen, dessen blinkendes Licht uns verrät, in welcher Fahrtrichtung der Aufzug sich gerade bewegt. Auch wenn du mir logischen Denken gelehrt hast, höre ich auf mein Bauchgefühl und handle nach dem Herzen.

Du hast mich Bücher lesen lassen über Neurophysiologie, Tiefenpsychologie…, von Sigmund Freud, eines der einflussreichsten Psychoanalytiker des 20. Jahrhunderts, Erich Fromm…, wie auch über die Macht der Gedanken, von Dale Carnegie, Coué, Dalai-Lama, Bhakti-Yoga und über Themen wie, Schamanismus, das dritte Auge, Dualseelen und Bestellungen im Universum, die Kraft der Wünsche. Du hast in den letzten drei Jahrzehnten wirklich nichts unversucht gelassen, mir Deine Heimat und himmlische Kraft näherzubringen. Hast mich in die Geheimnisse der Edelsteine und seinen Wirkungen eingeweiht. Wolltest mich von den Phänomenen wie Pendeln, Tische rücken, Tarot, Krafttieren und Astralreisen überzeugen. Du meine Seelenessenz bist mir mit deiner Hartnäckigkeit so sehr ans Herz gewachsen, dass ich mir ein Lebensgefühl, ohne dich nicht mehr vorstellen mag. Die Annahme, dass dein

Geburtsland mein Gehirn ist, du sonst nirgends zu finden seist, halte ich nach all den Lektüren und meinen Empfindungen für völlig absurd. Alles ist Energie. Ich spüre die Schwingungen zwischen dir…, mir und den Rest der Welt. Weißt du noch, was mir damals die Zigeunerin auf der Kirmes, aus der Hand gelesen hat. Die Frau, die ich nie zuvor gesehen hatte, mit der ich den Deal einging, dass wenn sie mir die Vergangenheit schildern kann…, sie mir auch die Zukunft prophezeien darf. Erlebnisse, die sie niemals wissen konnte. Erinnerst du dich, wie schockiert ich war, als sie mir meine Geschichte auf den Kopf zusagte? O…, ja, meine Neugier war geweckt und ich ließ sie fabrizieren. Die Gegenwart stimmte und die Zukunft hatte sich nach vielen Jahren auch bestätigt. Es ging um Hochzeit, Kindesanzahl und sogar, um die Geschlechter der Kinder. So viel Weisheiten, für nur 20,- Mark, in gefühlten zehn Minuten. Auch wenn wir paranormale Geschehnisse gern für Humbug halten, so wird es ernst, wenn wir Wunder am eigenen Leib erleben. Dank dir durfte ich viele dieser kleinen und großen Wunder schon erfahren. Es handelt sich um Tage, Ereignisse, die man nie vergisst, die sich in unser Gedächtnis graben bis zum Tod, weil sie mit dem normalen Menschenverstand nicht zu erklären sind. Zeitlebens wurde dies in den Schubladen versteckt, in der Hoffnung niemand würde es merken. Die er Dische Welt spricht eine andere Sprache, befremdlich suchen wir nach der Wahrheit, ohne uns aus dem Fenster lehnen zu wollen. Ich hingegen lehne mich gerne aus dem Fenster, wenn es Spaß macht auch mit Kissen auf der Fensterbank. Denn des Nachts, wenn es dunkel wird, sehe ich dich in den Sternen, im Mond und höre dich im Rascheln der Bäume. Einst glaubte ich, es wären Glühwürmchen, die vor meinem Fenster tanzen..., heute bin ich schlauer. Erst neulich, als mein Tag nicht rosig war, glitt eine weiße Feder an meinem Fenster ganz bedachtsam zum Erdboden, dünn wie Flaum, während meine Gedanken bei meiner verstorbenen Mutter waren. Und während sie so schwebte, der Wind sie förmlich tanzen ließ, fühlte es sich geradeso an, als würde sie mich umarmen und mir Mut zusprechen. Bin ich nur so empfänglich für außergewöhnliche Schwingungen, oder kann es jeder fühlen, wenn er sich nur drauf einlässt? Gibt es eine unsichtbare Nabelschnur, die uns mit Geistern aus deiner Heimat und auch mit anderen Geschöpfen, verbinden kann? Mit der wir

Astralreisen unternehmen können, ohne das Raum und Zeit uns hindert? So wie es schon häufig in der Sendung - X-Faktor - mit kleinen Filmchen dargestellt wurde? Wo manche Geschichte so unglaublich war und doch auf Wahrheit basierte. Sendest du uns Seelenverwandte, Dualseelen, Zwillingsseelen aus deiner Seelenverwandtschaft, um uns den Spiegel vorzuhalten, damit wir an diesen Menschen wachsen? Die emotionale – energetische – Verbindung, der wir uns nicht erwehren können. Die Partner..., durch Sehnsucht an uns fesselt, und uns im Glauben lässt, dass nur er der Richtige sein kann, der uns Glückseligkeit verleiht. Uns Bilder in unseren Augen zaubern lässt, wie von Geisterhand. Die eine große Liebe, die alle Liebschaften ablöst, weil wir ohne den Partner nicht mehr sein möchten und er unsere Gedanken lesen kann. Kennen wir doch auch alle das Phänomen, wenn zwei zur gleichen Zeit an den Anderen denken. Wie oft erwähnten wir die Gedanken Übertragung, wenn plötzlich das Telefon klingelte. Oder auch die vielen Vorahnungen, die sich in uns schleichen, als hätten wir es gewusst. Kommen diese ganzen

Botschaften aus deiner Welt, um uns auf unsere späte Reise vorzubereiten? Sag du es mir!

Selbst wenn es mir nicht gefallen sollte, wohin du mich führst, werde ich die Vernunft besitzen dich zu begleiten! Zumal wir, wie mir scheint, bis in alle Ewigkeiten…, ohne einander nicht können. Denn du bist - Ich -…, und ich bin…, - du-! Mit dir fühle ich mich geborgen, so wirst du sicherlich auch im himmlischen Reich auf mich achtgeben, wie du es unser Leben lang getan hast. Du mein Geist…, warst stets mein Gast. Ich habe für dich geatmet, dir die Tafel gedeckt, dich mit Wissen gefüttert, wie ein hungriges Kind. Dich nie auch nur eine Sekunde aus den Augen gelassen. Dir meinen Schoß gezeigt. In ferner Zukunft, wenn mein Körper verbraucht ist, bist du dran, mir deinen Brunnen der Quelle zu zeigen. Ich glaube nicht daran, dass du dich einfach so verabschiedest…, auf nimmer wiedersehen. Gemeinsam werden wir uns von dieser Welt verabschieden und in die Sphären der Unendlichkeit einziehen, so Gott will!

Sowie ich alle meine Lehren gelernt habe auf Gottes Böden…, werde ich bereit sein für deine nächsten Schatzkammern, wo die Macht der Liebe, das Einzige…, was wirklich zählt, auf uns wartet. Wenn ich ehrlich bin, trachte ich nicht unbedingt nach einem Comeback auf dieser Welt, dafür war mein Weg zu steinig. Ohne mich an mein Vorleben zu erinnern und das Gelernte Wissen, der Vergessenheit zu überlassen…, fände ich makaber, es sei denn, die gespeicherten Schätze werden mit unserem - Ichbewusstsein - wieder geboren!

Denn manchmal…, manchmal schon wollte ich dich kleiner Quälgeist gen Himmel beamen. Immerzu dann, wenn du an meinen Kräften gezerrt hast, wie ein ungezogenes Kind. Wenn ich nicht mehr…, noch stärker werden wollte. Keine Lust mehr zu wachsen hatte und du dich, mit jedem Atemzug, in mein Gehirn geschlichen hast. Stets habe ich mich bemüht, dir und mir gerecht zu werden. Habe mein Karma – Konto mit guten Taten gefüllt, weil der Glaube und die Hoffnung, ja zuletzt stirbt. Einst glaubte meine unbescholtene Kinderseele…, dass alle Menschen gut seien. Und wenn sie Gutes zum Besten geben, das Paradies auf sie warten würde. Die Sonntagspredigt, die uns ein Leben lang in die Kirche lockt, Kerzen anzünden lässt und für die wir bereit sind zu bezahlen, verspricht uns Gottes – Gnade zu erhalten. Dennoch berichten

Tagesthemen aus aller Welt, dass Grausamkeiten keine Einzelfälle sind und ich mir die Frage stellen muss…, ob wir uns schon auf einer parallel verlaufenden Ebene befinden, die uns bereits zu Lebzeiten Einblick in den Höllenpfuhl gewährt.

Bei all dem Wirr-Wahr…, in der einen Hand die Lehren und in der anderen Hand Vermutungen. Woher komme ich und wo begebe ich mich hin? Geboren aus dem Leib der Mutter, hinausgetragen in die Welt, Asche zu Asche…, Staub zu Staub…, ohne die Wahrheit wahrlich zu kennen.

Und wieder zeigt der Finger auf mich, dem ahnungslosen kleinem Licht.

Vier Pfoten und ein Hallejulia

Lars lümmelte sich auf der Couch. Vor knapp einer Stunde lag hier sein Patient. Sein Freund Bernd brauchte mal wieder einen freundschaftlichen Rat, so tauschte er gerne den Sessel mit der Liege. Lars, ein erfolgreicher Psychologe, hatte für jedes Problem eine abenteuerliche Geschichte zur Hand. Er sagte nie einfach nur ja, oder nein. Lars schloss die Augen und erzählte Bernd die unglaubliche Geschichte von Fred Feddersen. Fred war weit über die Vierzig, ledig, einsam, eine eingefahrene Haut. Dicke Hornbrille, geleckter Scheitel und sein einziger Freund war eine goldene Taschenuhr. Er sprach sogar mit ihr, immer wieder hörte man Sätze wie: „Pünktlich auf die Sekunde…", dabei freute er sich wie ein Sprössling. Freds krankhafter Wettlauf mit der Zeit bugsierte ihn schnell zum Außenseiter. Von Beruf war er Versicherungskaufmann, konservativ vom Scheitel bis zur Sohle. Pedantisch bis in die Haarspitze. Es war das Resultat einer verkorksten Kindheit. Sein Vater, war ein gewaltsamer Trinker, seine Mutter hilflos wie ein junges Reh. Als Kind hörte er sie nachts oft weinen. Er fühlte sich hilflos und wurde anhaltend ängstlicher. Er sehnte sich nach Fürsorge und Sicherheit. Als seine Eltern bei einem Hausbrand ums Leben kamen, besuchte er mich zum ersten Mal in meiner Praxis. Er war gerade mal fünfundzwanzig und fühlte sich mitschuldig, da er an diesem Abend unpünktlich daheim erschien. Jede Hilfe kam zu spät. Tick, Tack, Tick, Tack… von nun an lebte er mit jeder Faser seines Herzens nach seiner goldenen Taschenuhr. Er stand regelmäßig morgens um die gleiche Zeit auf, selbst sonntags, wenn sich die Anderen noch in den Kissen lümmelten. Fred kam niemals auch nur eine Minute zu spät, mittags aß er exakt zur gleichen Zeit und ging minutiös um 23.00 Uhr schlafen. Mit den Jahren spürte er die selbst angelegten Ketten. Seine strengen Zeitvorgaben vergraulte jedes menschliche Wesen. Tick, Tack, Tick, Tack… mit jedem Sekundenschlag wurde er einsamer, haderte mit sich selbst und wurde mit jeder Morgendämmerung bedrückter.

An einem Donnerstag verließ er wie gewöhnlich das Büro, der Pförtner sprach ihn wie jeden Abend an: „Pünktlich wie immer, Herr Feddersen."

„Stimmt genau", sagte Fred, und verabschiedete sich.

Exakt drei Minuten später saß er auf seinem Stammplatz in dem Bus der Linie 60 und las seine Zeitung.

Tick, Tack, Tick, Tack, ein Tag, wie am Bändel gezogen. Er fertigte sein Mahl, spülte den Abwasch, räumte ein wenig auf, schaute Fern und ging beizeiten in sein stilles Bett. Im Nachtgebet bat er um Zuneigung, Nestwärme und Zweisamkeit. Kaum, dass er eingeschlafen war, riss ihn jäh ein stürmisches Klingeln aus seinen Träumen. Den Schlaf noch in den Augen öffnete Fred die Tür, schaute in die frostige Finsternis und sah in der Ferne einen davonlaufenden Schatten. Er vernahm ein schwaches Wimmern. Fred blickte zu Boden, vor seinen Füßen stand ein kleiner Karton. Er war ratlos, der Schatten von der dunklen Nacht verschluckt. Vorsichtig schob Fred die Schachtel mit den Füßen in den Flur und betrachtete neugierig den winzigen, weißen Welpen mit der schwarzen Schnauze. Seinen flehenden Kulleraugen konnte er nicht widerstehen. Zaghaft hob er die Viertelportion aus dem Karton, hielt sie in seinen Händen und spürte das Schlagen seines Herzens bis in die

Fingerkuppen. Fred wusste, er musste eine Entscheidung treffen. Verzweifelt, hilflos wie der Welpe, der sich in seine warmen Hände schmiegte, stand er angewurzelt da. Unwillkürlich dachte er an seine Mutter. Es war lange her, dass er Wärme und Nähe gespürt hatte. Freds Puls pulsierte vor Aufregung, wie das Herzchen in seinen Schaufeln. Gedankenverloren kam ihm die Zeit wie eine Ewigkeit vor. Als er bemerkte, dass ihm die Minute nicht mehr wichtig war, wusste er, was er zu tun hatte. Fürsorglich drückte Fred das kleine Bündel an sich, wickelte es in ein Handtuch und nahm ihn schützend mit ins Bett.

In den Morgenstunden rief er seinen Chef an, nahm seinen gesamten Urlaub und fühlte sich befreit. Kurz darauf besuchte Fred mich ein letztes Mal in meiner Praxis, schilderte mir alles detailliert, legte mir seine goldene Taschenuhr auf den Schreibtisch und sagte: „Dem Glücklichen schlägt keine Stunde."

Vier weiße Pfoten, er nannte ihn Hallejulia, hatten ihn geheilt.

"Hallejulia!", glitt es Bernd über die Lippen. „Danke! Das du mir die Augen geöffnet hast."

„Immer wieder gern!", sagte Lars. Ich hoffe, du triffst die richtige Entscheidung."

Bernd erhob sich und ertastete mit dem Blindenstock den Weg zur Tür. „Vier weiße Pfoten können mich zwar nicht heilen, aber ein Hund würde vieles erleichtern."

Spiegel der Gedanken

„**N**a, vielen Dank.! Ich schaute in den Spiegel und sah ihn, freute mich über das Lächeln, das er mir geschenkt hat. Mir wurde warm ums Herz, bei seinem Anblick. Ich schüttelte den Kopf und sein Bild verschwand."

„Ausgeschlafen siehst du aber nicht gerade aus. Deine braune Löwenmähne könntest du auch mal wieder richten! Dein kleines Flackern in den Augen ist mir allerdings neu, Süße."

„Kleines Flackern, das ich nicht lache. Ich habe mich in den falschen Mann verliebt, mir steigt die Lava aus dem Vulkan und ich habe das Gefühl innerlich zu verbrennen. Und du sprichst von Flackern."

„Na, und jetzt willst du sicherlich von deinem Spiegelbild wissen, ob du für ihn attraktiv genug bist?" Wenn du dir noch mit dem Bügeleisen die Sorgenfalten aus dem Gesicht glättest, brauchst du dir keinen Gedanken mehr zu machen! „Du siehst fantastisch aus für deine fünfundvierzig Lenze."

„Sorgenfalten aus dem Gesicht bügeln, sehr witzig!" Es gab Zeiten, da war der Spiegel netter zu mir. Es gab Zeiten, da war mir egal, was mir das Glas mit dem besonderen Schliff, am Morgen erzählte. „Aber heute nicht, sei nett zu mir!", zwinkere mir zu und schenk mir dein schönstes Lächeln!"

„So, so, du bist also verliebt, ich sehe es in deinen blauen Augen."

„Leider etwas unglücklich, er ist nicht frei und dazu kommt noch, dass er wesentlich jünger ist als ich."

„Dafür siehst du jünger aus!"

„Das macht das Problem nicht wirklich einfacher." Ich sehe, wie sich meine Mundwinkel nach unten ziehen und mir auf einmal ein Trauerkloß entgegen schaut."

„Nun, schau nicht so, du bist viel schöner, wenn du lachst!"

„Ob er wohl auch in mich verliebt ist?" Mein Blick wird immer kritischer, ungeschminkt schaue ich der Wahrheit ins Gesicht. „Spieglein, sag mir: Meinst du, er könnte sich in mich verlieben?"

„Warum nicht?" Jugendlicher Teint, strahlende Augen, und dein sonniger Humor, könnten ihn schon überzeugen!

Jäh, riss mich das Klingeln des Telefons aus meinen Gedanken, ich huschte aus dem Bad, mein Spiegelbild verschwand, ich griff zum Handy und ein Blick auf dem Display verriet mir, das er es ist. „Leibhaftig!"

„Hallo Jan, das ist aber eine Überraschung, guten Morgen!"

„Guten Morgen, ich hoffe, ich habe dich nicht geweckt?"

„Nein, nein, ich hatte heute Morgen schon mein erstes Interview, ich freu mich, deine Stimme zu hören!"

„Interview!" Hast du den Beruf gewechselt? „Wollte aber nicht stören!"

„Jan, du störst mich doch nie!" Der konnte mir meine Frage sowieso nicht beantworten.

„Hm, das tut mir leid, kann ich dir helfen?"

„Klar, lad mich zum Frühstück ein!" Ein unsichtbares Lächeln huschte durch das Telefon.

„Liebend gern, wollte dich sowieso gerade Fragen, ob wir uns noch sehen!"

„Bin schon unterwegs!"

„Super, habe ich noch Zeit für einen prüfenden Blick in den Spiegel? "Würde mich gerne noch für dich hübsch machen!"

„Setz einfach dein schönstes Lächeln auf!"

„Schon geschehen!" Ding Dong, da klingelt es auch schon. Ich hole noch mal tief Luft, siegessicher, ungebügelt, öffnete ich die Tür und präsentierte ihm mein derzeit schönstes Spiegelbild.

Verfolgung um Mitternacht

Fast geräuschlos glitt der letzte Nachtzug aus der Halle. Der Bahnsteig war leer, bis auf einen einzelnen Mann. Er hatte sich eine Zigarette angezündet und starrte dem Zug nach, dessen rote Schlusslichter rasch kleiner wurden.

Wieder einmal ist ihm der Täter durch die Lappen gegangen und er konnte im Moment nichts mehr dagegen tun. Er warf einen Blick auf seine Taschenuhr, sie zeigte kurz nach Mitternacht. Seine Gehirnzellen arbeiteten auf Hochtouren, er hatte einfach nicht genug Beweise, um seine Kollegen aus dem Bett zu werfen. Auch nicht um ihn von diesem gottverlassenen Ort zu erlösen.

Er schaute sich um, schnipste seinen Glimmstängel davon und steuerte unbeirrt durch die dunkle Nacht auf eine Bahnhofsbank zu. Es war totenstill und ihn fröstelte ein wenig bei dem Gedanken, Jack mal wieder nicht erwischt zu haben. „Sechs Frauen waren ihm in den letzten zwei Jahren zum Opfer gefallen. Er hatte sie bestialisch ermordet. Immer waren es junge, hilflose Frauen. Bilder der Opfer breiteten sich vor ihm aus, er schloss die Augen, zog seine Hutkrempe über seine buschigen Augenbrauen und zündete sich erneut eine Zigarette an. Er hat nur eine Möglichkeit, er muss ihn auf frischer Tat ertappen, auch wenn er jede Nacht auf einen anderen Bahnhof verbringen würde. Er muss ihn kriegen. Seine Augenlider wurden schwerer und schwerer und er konnte sich gegen die Müdigkeit nicht mehr zur Wehr setzen.

Unruhig wälzte er sich auf der Bank hin und her, fuchtelte mit seinen Armen, als wenn er etwas fangen wollte. Er sah, wie Jack sich gerade von hinten an eine junge Frau heranschlich. Er trug eine schwarze Kapuzenjacke und hatte sie tief ins Gesicht gezogen. In der rechten Hand hielt er ein Messer und wollte gerade auf sein Opfer einstechen.

Wie eine Katze aus dem Hinterhalt springt er Jack an, das Messer fällt zu Boden und es kommt zu einem Kampf. Der jungen Frau gefriert das Blut in den Adern, sie kann nicht schreien und starrt immer nur auf die kämpfenden Männer. Jack geht zu Boden und blitzschnell klicken die Handschellen.

Es folgt eine große Aufmachung im Göttinger Abendblatt, auf der Titelseite in großen

Buchstaben erscheint: " Bahnhofskiller Jack von Kommissar Soury auf frischer Tat ertappt und festgenommen. Die Bevölkerung kann endlich wieder aufatmen. Alle Bahnhöfe von Göttingen, Nordheim und Umgebung sind wieder sicher."

Das wilde Gestikulieren der Arme lässt nach. Ein zufriedenes Lächeln durchflutet sein Gesicht und man könnte meinen, der Mann auf der Bank hatte einen schönen Traum.

„Vorsicht auf Bahnsteig acht", ertönt es aus den Lautsprechern. Jäh wird er aus seinem Schlaf gerissen und mit der Realität konfrontiert. Jack der Bahnhofskiller läuft immer noch frei herum.

Die herankommenden hellen Lichter, des ersten Zuges in den frühen Morgenstunden, lassen ihn der Wahrheit ins Gesicht blicken. Seine Gedanken kreisen um Jack und er ist sich sicher.

„Heute kriege ich Dich."

Genüsslich zündet er sich eine Zigarette an.

Auch der schönste Apfel hat oft einen Wurm

Seit meiner Geburt waren acht Jahre vergangen, in der Schule hatte ich schon meine ersten Freundschaften geschlossen und das Alphabet gelernt, als meine Eltern beschlossen, in den sonnigen Süden nach Benalmadena auszuwandern. Der ewige Urlaub konnte beginnen, wir fanden ein schönes großes, weißes Haus, wie man sie so oft in Spanien sieht und inmitten der Anlage spiegelte sich der Pool in der Sonne, umgeben von Palmen und vielen bunten Blumen, die ihre Düfte aussandten. Überall roch es nach Jasmin, Lavendel und im Garten wuchsen Bananenstauden.

-Ade, kaltes Deutschland. Jedes Jahr drei Monate Ferien und keine Schulbank drücken. Hier laufen die Uhren anders. Hier kann ich mir den lieben langen Tag die Sonne auf den Pelz brennen lassen, spielen, schwimmen und abends gehen wir meistens in ein Restaurant. - In den schmalen Gassen, des kleinen Fischerhafens tummeln sich tausende von Menschen, um die lauen Nächte mit Musik, Wein und Tapas zu genießen.

Die Angst vor der Fremde verblasste, meine Neugier, Spannung und Abenteuerlust war geweckt und mit Begeisterung stand ich morgens um elf Uhr auf, streifte mir ein T-Shirt über, zog mein rotes Lieblings Baseballkäppi auf und zog mit meinen Schwestern zum Pool.

Der September näherte sich, die Ferien waren vorbei und auch die vielen Urlauber verschwanden wieder. Meine große Schwester Maria zog nach Italien, Christina ging in den Kindergarten und ich musste in die Schule, vorbei war es mit dem Trubel und dem Lotterleben, dem Zauber der Nacht. Etwa vierzig Kilometer entfernt lauerte das deutsche College auf mich. Nun musste ich jeden Morgen um acht mit dem Bus die lange Strecke mit Serpentinen durchstehen, bis nachmittags Kohldampf schieben, spanisch lernen und Nachbarskinder zum Spielen gab es auch nicht.

Wie immer hielt der Schulbus um punkt fünf Uhr nachmittags an der N 340, direkt am Meer, in einer kleinen Bucht, um mich dort abzusetzen. Von der Bushaltestelle bis nach Hause waren es zu Fuß etwa zehn Minuten, eine Stille begleitete mich auf dem Heimweg, die Sonne schien mir ins Gesicht und ich hängte meinen Träumen nach. Der Alltag holte mich ein und trübsinnig schlürfte ich an unseren kleinen Tante-Emma-Laden vorbei, indem ich sonntags oft aushelfen darf.

Plötzlich riss Manuel, der Besitzer mich aus meinen Gedanken und begrüßte mich mit einem, ¿ Hola Kevin, quetal? Manuel spricht kein Wort Deutsch, ist aber sehr nett und bot mir mit den Worten, ¿ te gusta una manzana? einen glänzenden, roten Apfel an. Der Apfel sah so appetitlich und verlockend aus, dass ich nicht widerstehen konnte.

„Muchas gracias!" Manuel hasta mañana! Ich verabschiedete mich typisch spanisch und lustwandelte weiter. Meine Gedanken kreisten um meine deutsche Heimat, meinen Freunden und meinen Großeltern, die ich sehr vermisste. Ich harrte einen Moment aus, wehmütig senkte ich meinen Blick auf die kostbare Frucht, kämpfte mit meinem Heimweh, biss kraftvoll in den saftigen, süßen Apfel und begriff auf einmal Muttis Worte: „Auch der schönste Apfel hat oft einen Wurm!"

Wenn der Himmel weint

Schon ein Blick aus dem Fenster verriet mir, dass es ein trüber, regnerischer Sonntag wird. Mich fröstelte bei dem Anblick der aufgeblähten, diesigen Wolken und am liebsten hätte ich sie mit beiden Händen ausgewrungen. Es half nichts, das Unwetter hatte mein Telefon lahmgelegt und mein Handy, lag schusselig, wie ich bin im Büro. Ich hatte Julia so lange nicht gesehen, heute durfte nichts dazwischenkommen! Sicherlich wartete sie schon auf meinen Anruf. Ich griff nach meinem Regenmantel, schlüpfte in meine Schuhe, die heute eher Knobelbecher glichen und zog die Haustür schwungvoll hinter mir zu. Die frische Luft tat mir gut…, ich freute mich so sehr darauf, Julia im Café Bäuerle zu treffen, dass ich vor Freude einen Luftsprung machte und mir der Regen am Mantel vorbeilief. Ich schlenderte Richtung Innenstadt, träumte von Florida, Sonne, Sand und Meer, während es mich hin und wieder überkam die eine oder andere Pfütze mit meinen Gummistiefeln zur patschenden Aufwallung zu bringen. Für einen Moment entschlüpfte ich den dunklen Wolken über Aalen und dachte mir den Himmel blau.

Reifen quietschten und rissen mich aus meinen idyllischen Vorstadtträumen. Hupen, Schimpfen und wildes Gestikulieren folgten, währen ich mich ermahnte. „Mensch Helma, pass doch auf!" Auch wenn Aalen das Tor zu dem schwäbischen Alb ist, mit seinen siebzigtausend Seelen, will ich hier nicht tot überm Zaun hängen. Weit weg von Mutter Sonne, pitschnass wie ein Straßenköter mit zausen Haar und beschlagener Brille stand ich nun in der Gosse und stammelte vor Schreck „Sorry!" Ich fummelte ein Taschentuch aus meinem Beutel, der eher einen Kramladen glich und ging traumlos weiter. Endlich erreichte ich mein Objekt der Begierde. Tatsächlich verfügte dieses kleine Seelen-Pflaster-Örtchen nicht nur über Bordsteinraser, Gossen und Wolkenbrüchen, sondern auch noch über alt bewährte Telefonzelle mit Münzeinwurf. Natürlich war sie besetzt. Geduldig schaute ich kleine Löcher in den Himmel, warf einen Blick in die Telefonkabine und musterte meinen Zeiträuber. Er sah gut aus, vielleicht ein wenig blass, dafür stattlich mit froh gelauntem Mienenspiel und strahlenden Augen, als würde er sich bübisch auf etwas ganz Besonderes freuen. Ich kam an seinen kraftvollen Worten nicht vorbei. „Aktuell 32 Grad, strahlend blauer Himmel, Palmen soweit das Auge reicht, ich wollt, du wärst hier! In der Telefonzelle ist die Luft zum Schneiden. Ob ich schon braun bin...? Wer will denn heute noch braun werden?"

Zaghaft klopfte ich an die Scheibe, bevor er weiter das Klima von Florida beschrieb und sich womöglich entblößte, während mir der Wind um die Nase pfiff. Ich schaute auf das nächste Straßenschild. - Am nördlichem Stadtgraben- und weit und breit kein blauer Himmel in Sicht. Das einhängende Geräusch des Hörers brachte mich in Startposition, bevor die Münzen in meiner Hand schmälzten. Ungeniert trat er vor, zwinkerte mir froh gelaunt zu, als hätte das Telefonat seinen Tag gerettet.

„Hm, wer will denn heute noch braun werden?", raunte ich ihm zu, während ich mich an ihm vorbeidrängelte und ihm ein Lächeln schenkte. Der Hörer war noch ganz warm. Zwei Münzen weiter, ein paar Tasten gedrückt, drei Freizeichen und ich hörte Julia am anderen Ende. Mein Tag war gerettet!

„Hi Julia, hab mein Handy im Büro vergessen. Bin halb erfroren, musste im Regen warten, bis der smarte Typ die Telefonzelle zum Kochen gebracht hat. Treffen wir uns gleich im Café Bäuerle?"

„Na klar, wie zum Kochen gebracht…, smarter Typ? Ich ziehe mir nur noch schnell was Warmes über und dann treffen wir uns dort. Hast mich jetzt ganz schön neugierig gemacht!"

„Supi, ich freue mich und angle uns schon mal ein warmes Plätzchen, vielleicht bin ich bis dahin hinter das Geheimnis meines Zeiträubers gekommen!"

„Zeiträubers?"

„Erzähl ich Dir gleich …nicht was du denkst!"

Ich stiefelte los. „Was steckte hinter dieser infamen Lüge?"

Schnaufend betrat ich das Café. Erleichtert, dem Regen entkommen zu sein. Klangreiches Gemurmel begleitete meinen sondierenden Blick nach einem stillen Plätzchen, ohne die Zugluft der Damentoilettentür im Rücken zu haben. Zwischen den voll besetzten Tischen ein Winken, mein geheimnisvoller Zeiträuber signalisierte mir, mich zu ihm zu setzen. Forsch, weil neugierig, ging ich zu ihm. Mit einer lässigen Geste und einem Augenzwinkern bot er mir einen Platz an.

„Eigentlich warte ich hier auf meine Freundin, wir haben uns ewig nicht mehr gesehen, Frauengespräche und so!"

„Im Stehen? Mein Name ist Viktor, warten wir gemeinsam, bis ein anderer Tisch für euch frei wird?"

„Sehr nett, ich heiße Helma!" Während ich meinen Mantel über den Stuhl hängte, plauderte er auch schon los. Offenherzig, als würde er mich schon ewig kennen und meine Gedanken lesen können.

„Sicherlich willst du wissen, warum ich…, er stockte für einen Moment…, am Telefon erzählt habe, dass die Sonne lacht, während der Himmel weint!"

Gespannt schaute ich zu ihm auf, währen mein Fuß vor Neugier, hin und her wippte.

„Nun, das ist so!" Er nippte an seiner Cola, musterte mich, als suchte er auch bei mir nach einem Geheimnis.

„Meine Verlobte denkt, ich bin im Urlaub. Seit vierzehn Tagen beobachte ich sie. Ich wollte sicher gehen!"

„Ein Treuetest…, wie dämlich ist das denn. Vertraust du ihr denn nicht?"

„Jetzt schon!" Bei den Worten freute er sich wie Christoph Kolumbus, als hätte er gerade den Himmel über Amerika entdeckt. Er griff nach meiner Hand. Augenscheinlich wollte er wohl, dass ich mich mit ihm freue. Fragend suchte er die Antwort in meinen Augen. Verdutzt, irritiert versuchte ich für seine Schnapsidee, Worte zu finden, während er auf meine Reaktion wartete. Abrupt ließ er meine Hand los, als hätte er sich an ihr verbrannt, sprang auf und nuschelte sich etwas in den Bart seines glatten Kinderpopos. Denn das Einzige was an ihm glatt war, war seine Rasur. Ich drehte mich um, denn ich wollte auch den Geist sehen, der ihn offensichtlich so erschreckt hatte. Hinter mir näherte sich Julia, ihr Make-up von Tränen zerlaufen. Ihre Lippen waren so fest aufeinandergepresst, als versuchte sie, die Wut für sich zu behalten und zog es vor…, Blicke töten zu lassen. Wortlos zog sie sich den Ring vom Finger, ließ ihn in sein Cola Glas plumpsen und verschwand so schweigsam, wie sie gekommen war.

Alter Falter

Still saß er da, der alte Mann. Sein Blick war gesenkt, während er leichtfüßig mit einem Finger spielerisch einen eingefressenen Glasrand auf der längst ausgedienten Theke nachmalte. Sein Haar licht, aschgrau mit leichten Wellen umspielten sein markantes Gesicht und waren genauso gebändigt, wie das gebliche Funkeln in seinen Augen. Interessiert beobachtete ich ihn zaghaft, denn ich wollte mich nicht dabei erwischen lassen, wie ich seine Silhouette mit meinen Augen zeichnete. Magnetisch angezogen von seiner Attraktivität konnte ich meinen Blick nur andeutungsweise von ihm lassen. Sein Kleidungsstil war sicherlich ein halbes Jahrhundert jünger als er. Extrovertiert, lässig, von hochwertiger Qualität mit einem Hauch von Eleganz. Kein grauer Mäuserich, kein bunter Vogel, lediglich ein Mann, der auf mich den Eindruck machte, dass sein Anzug noch länger hält, als das was drinsteckt. Neugierig verfolgte ich seine Gesten, mal strich er sich durch das Haar, nippte an seinem Cognac, oder schaute verstohlen auf seine Armbanduhr. All dies brauchte ich nicht tun, denn dank ihm, war meine Isolierung, aus der ich hervorgekrochen kam, verflogen.

Die letzten Wochen waren hart, ich arbeitete fieberhaft an meinem Buch „Herrenlose Kinder" und Sydney war zu meiner kleinen Welt geworden. Das australische Liebesdrama verlangte mir alles ab, ohne dass ich neue Eindrücke aus der realen Welt erhielt. Abgetaucht in der Stille, ohne Zeit und Raum verflogen die Wochen. Verabredungen mit Freunden lagen auf Eis. Nur kurze Telefonate waren zeitweise erlaubt. Verschleppten mich in den Tag und versicherten ihnen und meiner Familie, dass ich noch lebte. Heute wollte ich spontan der Isolation entfliehen, raus aus dem Drama, weg von Sydney, hinein in die reale Welt. Ohne Verabredung, ohne Verpflichtung…, ohne Zeitvorgabe. Einfach nur raus, einen Drink nehmen und auf andere Gedanken kommen. Ich entledigte mich meines Schlabberlooks, genoss das prasselnde warme Wasser der Dusche und schlüpfte kurze Zeit später, wie aus dem Ei gepellt vor die Tür. Nichts erinnerte mich mehr an die heißen Tage in Sydney. Die schmalen Gassen mit ihrem, Kopfsteinpflaster hatten mich zurück. Die Wahl fiel auf eine kleine Gaststätte, urig, wenig besucht, mit leiser Musik.

Nun saß ich hier und schaute gespannt zu, wie dieser Mann mit seinem Finger einen eingefressenen Glasrand, auf einer längst abgedankten Theke nachmalt und war fasziniert. Unmengen von Fragen zermarterten mein Hirn, während ich an meinem Drink nippte. Selbst meine Neugier machte mich neugierig.

Während die Zeit verflog, die Dämmerung nahte und sich die übrigen Gäste auf den Weg machten, nahm ich mir all meinen Mut zusammen und gesellte mich unweit neben ihn an den Tresen. Bestellte zwei Cognacs. Sein geneigter Blick, im Bann seines kreisenden Fingers irritierte mich. Sanft schob ich ihm einen Cognac zu. Aufschauend, schweigsam musterte er mich für einen Moment, bevor er sagte: „Sie sind zu jung für mich!" Seine wässrigen, grauen Augen wirkten geheimnisvoll. Traurig, fragend, als suchten sie etwas. Eine Mischung aus Stolz und Schwerfälligkeit. Ich schwieg, prostete ihm zu und schenkte ihm ein Lächeln. Dankerfüllt schwenkte er seinen Cognac. Gemeinsam, einsam verharrten wir ein paar Augenblicke, bis ich das Schweigen brach. „Hm…, besser als zu alt!" Jäh wandte er sich mir zu, als hätte er nur darauf gewartet, dass ich ihn aus seiner Gedankenwelt entführte. Die Stirn in Falten gelegt, mit zusammengekniffenen Augenbrauen und bohrendem Blick, raunte er vor sich hin: „Zu alt für was?"

„Zu jung für was?"…, murmelte ich zurück. Die Art der Konservation wirkte auf mich befremdlich. Große Aussagen mit wenig Worten - war es ein Marathon gegen, oder für die Zeit. War das Glas halb voll oder halb leer? - Ich suchte Entspannung, fernab von meinen eingefahrenen Gewohnheiten der letzten Wochen, schweigsamen Stunden und endlosen Nächten, in denen ich nichts anderes tat, außer Buchstaben aneinanderzureihen, zu recherchieren und meiner Fantasie freien Lauf zu lassen. Lediglich meine Finger tänzelten über die Tastatur, während meine Muskeln vermutlich mittlerweile zu Wackelpudding mutierten. Natürlich wusste ich, dass man eine Frage nicht mit einer Gegenfrage beantwortet. Ich wollte auch nicht unhöflich sein. Meine Denkfabrik war nur noch nicht auf ein reales Gespräch eingestellt. Seine männliche Stimme riss mich aus meinen Gedanken, als er sagte: „Für eine Frau sind sie ungewöhnlich schweigsam!"

„Für einen Mann sind sie ungewöhnlich redselig!", erwiderte ich spontan, wie aus der Pistole geschossen. Ich biss mir auf die Lippen. Wollte den Satz zurückholen, Absatz löschen. Schließlich hatte er gerade mal zwei Sätze von sich gegeben. Sicherlich wirkte ich auf ihn sehr ungehobelt. Ich versuchte, die Situation mit einem Lächeln, zu entschärfen. Für ein Augenzwinkern war der Altersunterschied zu groß. Krampfhaft überlegte ich, womit ich ihm hinterm Herd vor locken könnte. Sicherlich hatte er mir weit mehr als zehn Jahre voraus. Gelangweilt von seinem Rentnerdasein mit einem langanhaltendem Überflüssigkeitsgefühl. Sein kostbarstes Gut war vermutlich seine Attraktivität, Vitalität und sein Erfahrungsschatz.

„Zu jung zum Sterben, zum Leben zu alt?", entflutschte es mir.

Ein Lächeln huschte über sein Gesicht. Sein Kopfnicken bestätigte meine Vermutung. Plötzlich wirkte er erleichtert, als wenn er den quälenden Gedanken in eine Freiheit entlassen hätte, und er ihm nun nichts mehr anhaben könnte. Erleichtert prostete er mir zu. „Sie sind sicherlich zu jung zum Sterben! Auf mich trifft leider, mit geteiltem Herzen beides zu!"

Ich schluckte, während mein Herz und Hirn Amok liefen. Spürte seine gefühlte Fehlbesetzung in der Gesellschaft, die ihn herzlos ausgrenzte. Meine Beklemmung ließ ich mir nicht anmerken. Ich bat ihn, mehr über sich zu erzählen, während mir klar wurde, dass die Aussage in Zukunft auch ein Stück meines Lebens widerspiegeln könnte.

„Sie könnten meine Tochter sein! Kontaktfreudig, gutaussehend, selbstbewusst und schlagfertig, wie sie sind. Ihre Neugier auf mich macht den Unterschied zu ihr aus! Kinder haben heute kaum noch Zeit für ihre Eltern. Rastlos, schnelllebig und überfordert bemühen sie sich ihren Platz in der Gesellschaft zu sichern. Wie es in den Wald hinein schallt, so schallt es heraus! Als Manager einer großen Firma war ich der Versorger und hatte kaum Zeit für sie, nun ist es umgekehrt. Deshalb kann ich ihnen auch nicht böse sein. Glauben sie mir, alt werden ist Fluch und Segen zugleich!"

Fragend blickte ich ihn an. „Ist es die Einsamkeit, die sie als Fluch bezeichnen oder die Erkenntnis nicht mehr gebraucht zu werden?" Ich möchte nicht unhöflich wirken oder ihnen zu nahetreten, aber ich interessiere mich für tiefer gehende Fragen. Und eins dürfen sie mir glauben, ich kenne dieses Gefühl sehr gut und stelle mir oft selbst die Frage!

„Na ja, es ist von beiden etwas. Erst wird man nicht mehr gebraucht und dann wird man einsam! Ungewollt, unverschuldet, es passiert einfach. Anfangs freut man sich über den Ruhestand und der gewonnenen Freiheit und dann schleicht sich die Langeweile ein. Viele meiner Freunde, wie auch meine Frau sind leider, schon verstorben. Glauben sie mir Kindchen, für Menschen in meinem Alter gibt es heute keinen Platz mehr, außer auf dem Friedhof. Aber sie sind doch noch jung!"

- Wie liebenswert, er nannte mich doch tatsächlich - Kindchen -, ohne zu ahnen, wie sehr er mich als Protagonist für meinen Roman inspirierte und ich ihm neues Leben einhauchen würde. – Wir plauderten noch eine ganze Weile, zwischendurch lachten wir sogar, freuten uns wie kleine Kinder, während diese Begegnung in uns neue Bilder malte. Plötzlich konnten wir beide keinen Altersunterschied mehr erkennen und der alte Falter konnte wieder fliegen.

Das Geheimnis des goldenen Buches

Ganz leise schlich ich mich, mit einer brennenden Kerze in den Händen, über den schmalen Korridor zum Dachboden. Als ich den Türschlag zum Söller öffnete, bangte und hoffte ich meine Eltern nicht aus dem Schlaf zu rütteln. Das flüsternde Knarren des Holzes, das Quietschen der alten Scharniere und die Finsternis flößten mir ein wenig Angst ein, aber meine Neugier auf die Geschenke, die ich zu finden hoffte, war viel…, viel größer.

Einen Augenblick hielt ich den Atem an, lauschte ob noch alles friedlich schlummerte und zog vorsichtig die alte Holzleiter aus. Stufe für Stufe stieg ich ganz leise, ohne Schuhe und Strümpfe, die gammeligen Stiegen hinauf. Mir wurde unheimlich, mein Herz pochte vor Angst. Ich war bange, dass Mama mich erwischen würde. – Alles…, nur nicht das! - Mutti hatte es mir ausdrücklich verboten. Plötzlich, hörte ich ihre Mahnung ganz deutlich, als würde sie neben mir stehen.

„Jung, geh ja nie allein auf den Söller, die Treppe ist zu gefährlich! Schau mich an, wenn ich mit dir rede! Hast du mich verstanden?"

„Ja, ja Mami, klaro, gespeichert!"

- Ich hatte es nicht versprochen, auch nicht geschworen und jetzt bin ich doch schon so groß. Größer als alle anderen Drittklässler! Kann Lesen, Schreiben, nee…, nee, den Weihnachtsmann verkauft mir keiner mehr! –

Letztes Jahr, hab´ ich noch so getan als ob, wollte Mama und Papa eine Freude machen. Mutti hatte sich immer so viel Mühe gegeben, war voll aus dem Häuschen! Nach dem Essen kam der Weihnachtsmann mit seinem langen Rauschebart. Jedes Jahr trug er denselben Anzug, nur die Augenbrauen veränderten sich. Was hatte ich mich schiefgelacht, letztes Jahr, als die Watte verrutscht war. Am liebsten wäre ich grölend aus dem Haus gelaufen. Und die Stiefel erkannte ich auch. Papa trug sie, wenn er zur Baustelle fuhr. Ich hörte die dunkle…, tiefe Stimme, als wäre es gestern gewesen.

„Toby, warst Du denn auch immer schön lieb?"

Brav schaute ich verschämt zum Boden, wollte mir nichts anmerken lassen. Wusste, gleich kommen die Schulnoten ins Spiel. Artig reichte ich ihm die Hand, als hätten ihn seine Stiefel und seine wattebauschigen Augenbrauen nicht verraten. Nur ganz knapp konnte ich mir das Kichern verkneifen. Er machte es immer ganz spannend, ganz langsam zog er ein Geschenk nach dem anderen aus seinem Sack. Ich rüttelte und schüttelte sie, hoffte meine Wünsche, würden sich erfüllen, bevor ich mich wild über sie her machte.

Ein paar Spinnenweben erschienen vor meinem Gesicht. Klebten plötzlich auf meinen Kopf. „Ohhh…, is ja krass!", flüsterte ich leise vor mir her. Mit der Hand rubbelte ich mir wild durch das Haar. – Igitt…, hätte ich mal auf Mutti gehört! - Im Schein der Kerze konnte ich nicht viel erkennen. Vorsichtig tastete ich mich die Wand entlang, bis in die hinterste Ecke. Zur alten Stehlampe. Ich knipste das Licht an und pustete die Kerze aus. Nun konnte mein großes Abenteuer beginnen. Ich platzte vor Neugier. - Wo fange ich bloß an, beim ollen Krimskrams? Drüben bei dem alten Leuchter, den Bildern und Kisten?

Ich beugte mich über die Kisten und kramte in ihr herum. Kein Geschenk in Sicht, nur alte Schallplatten, silberne Filmrollen und Fotos. Ich zog eine Schallplatte hervor, schaute auf das Cover. – The Beatles, das war nicht meine Zeit. - Langsam zog ich eine von den Filmrollen hervor. In krakeliger Schrift stand dort – Casablanca -, wer sammelt denn so etwas? Dachte ich. Hm…, und die Fotos waren ja wohl voll krass. - Wer ist denn der Junge mit den Kniestrümpfen? Nein…, ich glaub das nicht, wo haben sie den denn ausgebuddelt? Kurze Hose und Kniestrümpfe, ich fass es nicht, die Fotos sehen ja aus wie aus dem letzten Weltkrieg. – Neben dem Grammophon stand ein verschlissenes Sofa. Das Kopfende sah aus, als hätte es riesige Ohren. Das Blümchenmuster und die dürren geschnitzten Beinchen, echt anno Kautabak…, das hatte alles mal meiner Oma gehört. Ich bückte mich und lugte unters Sofa. Wollte endlich fündig werden und in den Geschenken stöbern. Ich fand nichts als Staub und eine Mausefalle.

Mir wurde kalt, ich suchte in einer vermoderten Truhe nach alten Kleidungsstücken und fand einen Jutesack. Mir schien, als hätte ich den Sack schon mal irgendwo gesehen. Ich schaute hinein und zog an einem roten Zipfel, das Stück Stoff wurde größer und größer und ich glaubte meinen Augen, nicht zu trauen. Es war der Anzug vom Weihnachtsmann. Aus den Jackentaschen spähten weiße Handschuhe hervor und ein langer weißer Bart feixte mich an. Viele Jahre hatten mich Mamas Weihnachtsgeschichten fasziniert, keiner konnte so gute Märchen erzählen wie sie und am besten gefiel mir die Geschichte mit dem goldenen Weihnachtsbuch. Mama musste sie mir immer wieder erzählen und brachte mich auf diese Weise zum Träumen.

Sie erzählte mir: „Toby, das ist ein ganz besonderes Weihnachtsbuch, derjenige der es findet und reinen Herzens ist, bekommt seine Wünsche erfüllt. Das Märchenbuch hat in der Mitte des Einbands vier leere Seiten und wenn der selige Finder, diese Seiten mit Lettern füllt, wird alles was er dort reinschreibt, Lebenswahrheit und alle seine Wünsche werden in Erfüllung gehen!"

Zitternd vor Kälte schlüpfte ich in den roten Anzug, krempelte die mir viel zu langen Ärmel hoch und mit einem breiten schwarzen Lackgürtel bändigte ich die riesige Hose um meine Taille, damit sie mir nicht vom Hintern rutschte. Schaulustig wühlte ich tiefer in der Truhe und fand noch ein paar große schwarze, schwere Stiefel, die ich mir rasch über meine nackten Füße zog. Nun streifte ich mir die Handschuhe über, befestigte den langen Bart mit seinem Gummizug hinter meinen Ohren und stülpte mir die rote Mütze, deren langer Zipfel mit einem weißen Puschel verziert war, über meinen Kopf. Ich wendete mich wieder der alten Truhe zu, wühlte noch tiefer und fand ein sehr altes abgegriffenes Buch, dessen Ledereinband völlig verstaubt war. Ich holte kräftig Luft und pustete mit aller Kraft den Zentimeter dicken Staub von dem Buchdeckel. In ganz großen goldenen Buchstaben stand dort, W Ü N S C H   D I R   W A S. Mit zitternden Händen, völlig aufgeregt und voller Ungeduld schlug ich die ersten Seiten auf und konnte auf magische Weise den Blick nicht mehr abwenden. Es waren die Märchen, die mir Mama all die Jahre stets erzählt hatte, sollte dies etwa das Buch sein? Hastig blätterte ich zur Mitte, tatsächlich dort waren vier leere Seiten und warteten anscheinend nur darauf, beschriftet zu werden. Meine Blicke schweiften umher in der Hoffnung einen Stift zu finden mit dem ich diese

Blätter füllen konnte. In der hintersten Ecke entdeckte ich, Opas alter Sekretär, leise tippelte ich, mit den schweren schlackernden Stiefeln über die Holzdielen zu dem Schreibtisch und fand dort eine alte Feder und ein Tintenfässchen. Sorgfältig überlegte ich eine Weile, ich war mir nicht ganz sicher, was ich mir wünschen sollte und zweifelte so recht an die Erfüllung. Dann tauchte ich meine Feder in die Tinte und schrieb in großen Lettern, mein Name ist Toby Wolf, ich bin neun Jahre alt und wünsche mir einen Zauberwald, mit ganz vielen bunten Jahrmarktbuden, tausenden Leckereien, und ich möchte einmal ein echter Weihnachtsmann sein, um alle armen Kinder auf dieser Welt beschenken zu können. Weihnachten soll ab heute kein Märchen mehr sein, sondern wahr werden.

Unerwartet schloss sich das Buch wie von Geisterhand, ein helles Licht erschien mit einem Strahl, der mich forttrug. Ich klammerte das Buch fest an mich und musste die Augen schließen, um nicht zu erblinden. Eine wohlige Wärme durchflutete meinen Körper und ich hatte plötzlich das Gefühl zu schweben.

Blitzartig fühlte ich wieder festen Boden unter den Füßen, ganz vorsichtig blinzelte ich unter meinen Lidern hervor und erblickte in der tiefen Nacht viele bunte Lichter. Sie erhellten einen Tannenwald, in dem ich mich nun befand. Rote, grüne, gelbe Lichterketten schmückten die Baumkronen von einem Ast zum anderen und leuchteten mal als Stern, mal als Rentier, mal als Tannenbaum oder als Engel. Es roch nach Zimtsternen, gebrannten Mandeln und Apfelsinen, das musste der Zauberwald sein, den ich mir so sehr gewünscht hatte. Ich folgte meiner Nase, immer den wohlduftenden Gerüchen nach. Dort tänzelte ein Lebkuchenherz in der Luft und schwebte auf mich zu, direkt in meinen Mund, ich biss ein großes Stück ab, es schmeckte einfach köstlich. Von rechts kam ein schwebender riesengroßer Lutscher und wollte schon in meinem Mund verschwinden. Vorsichtig steckte ich meine Zunge aus, um ihn zu kosten. Er schmeckte nach Honig und Mandeln. So viele Süßigkeiten auf einen Schlag hatte ich noch nie gesehen und alle waren zum Greifen nah. Mam hatte also Recht, dieses Buch gab es wirklich und ich habe es gefunden. Fröhlich genoss ich den schönen Christkindlmarkt mit der Musik, den

Karussells und den vielen Leckereien und konnte von alledem nicht genug bekommen.

An der Weihnachtsachterbahn blieb ich stehen, vor lauter Aufregung hatte ich völlig vergessen, dass ich immer noch das Kostüm des Weihnachtsmannes trug. Ich kratzte mich am Bart und entschloss mich in den großen glänzenden Schlitten zu steigen und eine Fahrt mit dem Karussell zu wagen. Weit und breit war keine Menschenseele zu sehen, alles schien voll automatisch wie von Geisterhand gelenkt zu werden. Vorne am Armaturenbrett des Schlittens waren ein paar bunte Knöpfe, auf einem stand in großen Buchstaben, ZUM ZAUBERSCHLOSS. Vorsichtig näherte sich mein Zeigefinger dem Knopf und drückte ihn sanft durch. Mit einem Ruck setze der Schlitten sich in Bewegung, hastig steckte ich mir das Buch unter die Jacke, klemmte es unter den Gürtel, um es bei der rasanten Fahrt nicht zu verlieren. Der Schlitten wurde von sechs braunen Rentieren über die kurvenreichen Schienen immer tiefer in den Wald gezogen. Die bunten Jahrmarktlichter er löschten und um mich herum war es rabenschwarze Nacht, nur ein paar Sternlein flimmerten am Himmelszelt und das

Funken der Eisenräder sprühte in die Nacht hinaus.

Der Wind wurde immer kühler und verscheuchte meine Müdigkeit, irgendwie hatte ich das Gefühl ganz alleine auf der Welt zu sein und erinnerte mich an meinen zweiten Wunsch. Ist er vielleicht auch schon in Erfüllung gegangen? Bin ich nun ein echter, ganz echter Weihnachtsmann aus Fleisch und Blut und muss bis zum Heiligen Abend ganz allein durch die kühle Nacht kutschieren? Verstohlen blickte ich noch einmal auf all die anderen bunten Knöpfe, ich fand keinen für zurück, nur noch welche mit ganz seltsamen Zeichen und einen, auf dem Stand Tom-Tom. Im Scheinwerferlicht der Rentiere sah ich auf einmal ein riesiges großes Schloss. Die spitzen Türme schienen in den Himmel zu wachsen und hinter den kleinen Fenstern flackerten warme Lichter. Rechts und links vor dem großen, von Säulen umgebenen Eingangsportal, standen zwei Engel und winkten mir zu. Plötzlich hatte ich nicht mehr das Gefühl ganz allein auf der Welt zu sein. Gespannt was mich als Nächstes erwartet, rutschte ich nervös von einer Pobacke auf die andere. Schrittweise kamen die Rentiere zum Stehen, der Schlitten gab einen klingenden Ton von sich und öffnete mir die Tür zum Aussteigen. Ich sah, wie die Engel, ihre weißen Flügel ausbreiteten und auf mich zu flogen. Sie kicherten, sprachen aber kein Wort, gleichwohl konnte ich ihre Gedanken lesen und ließ mich von ihnen an die Hand ins Schloss führen. Ich war mir sehr sicher den Ort noch nie betreten zu haben, dennoch kam mir alles sehr vertraut vor, ich wusste, welche Gänge ich gehen musste, um in den großen Saal zu gelangen. So schritt ich durch die Korridore, die Wände glichen einer…, Weihnachtsmann – Ahnen – Galerie. Waren das all die fleißigen Helfer, die im Kaufhaus Kinderwünsche erfüllten, in die Krankenhäuser, Kindergärten oder Altersheimen gingen? Ich schaute mir jedes Bild genau an, in der Hoffnung auch ein Bild von meinem Vater zu finden. War es vielleicht doch kein Märchen? Hatte Papa vielleicht ausnahmsweise letztes Jahr Weihnachten in unserer Straße den Auftrag, die Bescherung zu bringen? Ich war mir nicht mehr sicher.

Langsam öffnete ich die Tür und stand direkt vor einer großen Kinoleinwand, dessen Bild meine schlafenden Eltern zeigte. Mechanisch griff ich zur Fernbedienung und zwitschte auf einen anderen

Kanal. In Europa schliefen die meisten Menschen, in Amerika dagegen schien auf den Straßen reges Treiben. Von hier aus konnte ich mich visuell durch die Welt Chatten, die Kommandozentrale verfügte über ein außerordentliches Netzwerk rund um den Globus. Mal schaute ich in ein friedliches Wohnzimmer, dann in ein Kriegsgebiet oder in dritte Weltländer wo große Hungersnot herrschte. Erschrocken über den Anblick liefen mir ein paar Tränen über das Gesicht. Voller Wut ballte ich meine Hände zu Fäusten und hätte am liebsten laut aufgeschrien. Erschütternd, mit hängenden Schultern stand ich nun da und überlegte was ich tun könnte. Unerwartet tauchte auf dem Monitor das Gesicht eines Weihnachtsmannes auf und aus dem Lautsprecher hörte ich, wie er zu mir sprach.

„Hallo Toby, du hast also das goldene Buch gefunden und dir gewünscht ein echter Weihnachtsmann zu sein um alle armen Kinder auf der Welt zu beschenken!"

„Ja, gab ich ganz kleinlaut zu, bitte sag mir, was kann ich tun?"

„Nun! Toby, schreib alle deine Wünsche in das goldene Buch, da du reinen Herzens bist, werden sich alle deine Wünsche erfüllen, bedenke aber das du nur eine begrenzte Seitenzahl zur Verfügung hast."

Der Bildschirm wurde schwarz und ich stand wieder ganz allein in dem großen Saal. Hastig zog ich das Buch aus meinem Anzug setze, mich an dem Pult und schrieb.

Ich wünsche mir, dass es nie mehr Hunger oder Kriege auf der Welt gibt, denn Gott hat uns Länder und Nahrung im Überfluss beschert. Ich wünsche mir, dass jeder eine Arbeit hat, denn zu tun gibt es genug. Ich wünsche mir, dass alle Menschen sich liebhaben, gesund bleiben und ein langes erfülltes Leben haben. Es soll nie mehr Gewalt herrschen und Weihnachten sollten alle auf der Welt beschenkt werden... und für mich wünsche ich mir ein neues Fahrrad und eine Play-Station...

Als ich erwachte, wollte ich schnell aus meinem Bett hüpfen und Mama von meinem wundersamen Traum erzählen, halb verschlafen schlug ich die Bettdecke zurück und spürte, dass ich etwas in der Hand hielt. Es war das goldene Buch. Verwirrt starrte ich auf den Ledereinband und da stand in großen goldenen Lettern: Weltfrieden, Brot und Arbeit für die Welt.